확진 후
회복자들의
사회적

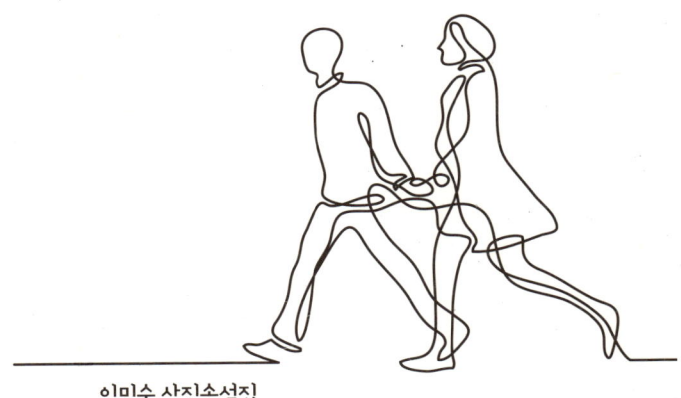

이민수 사진소설집

거 리 두 기

차례

확진 후 회복자들의 사회적 거리두기 | 05
좀비 건강검진 | 29
전문경영인 대통령 선거 | 48
네가 떠났을 때, 떠나지도 못했을 때 | 54
다시 돌아올 거야, 너는 | 204
해피 엔딩: 시를 쓰는 남자들 | 314
사투리 단기 어학연수 | 330
콜레라 말고 코로나 시대의 사랑 | 351
복잡한 나를 설명하기보다,
단순한 널 이해하는 게 더 쉬워서 | 372

병이 재발하면 상처에 대한 기억도 함께 재발하기 마련이다. 다만 재발 부위가 마음일 경우에는 이 통증의 역사를 잠시 따져보기는 해야 한다. 마음이란 곳이 워낙에 많은 일과 얽혀 있기 때문이다.

의사가 "양성입니다."라고 했을 때 나는 "임신입니다"라는 말을 들은 기분이었다. "소견서를 써 드릴 테니 선별진료소에 가서 확진을 받으세요. 그리고 약은 일주일 치를 처방했습니다. 해열제는 고열이나 근육통이 있는 경우에만 복용하시고……." 젊은 의사가 빠르게 사무적인 말을 이어가는 동안 나는 그저 듣기만 했다. 남자가 아기를 가졌다는데 무슨 말을 하겠는가? 심지어 나는 미혼이다.

병원을 나서자마자 회사에 가장 먼저 나의 임신 아니 양성 판정 소식을 전하고 지난 일주일 동안 만난 사람들 모두에게 일일이 전화를 돌렸다. 다행히도 그들 중 간이 검사 결과가 양성인 사람은 없었다. 다음 날 아침 예상대로 보건소에서 확진 문자를 받았고, 나는 일주일간의 사회적 동면에 들었다.

격리 해제와 동시에 인사팀에서 '확진 후 회복자를 위한 출근 안내 문자'를 받았다. 나처럼 증상이 없는 경우에는 바로 출근할 수 있지만, 부장은 며칠을 더 쉬라고 했다. 격리 기간 후에도 바이러스가 남은 경우가 종종 있다는 팀원들의 걱정을 굳이 숨기지는 않았다. "좋은 게 좋은 거니까……." 부장은 평소처럼 말을 채 끝내지 않고 전화부터 끊었다.

우선 집 청소부터 하고 온 집안에, 그리고 기왕이면 내 마음에도, 바람이 잘 통하도록 집안의 모든 창을 열어두고 천변에 나갔다. 겨우 5분이나 뛰었을까, 숨이 너무 차 길가에 멈춰서 가쁜 숨을 몰아쉬어야 했다. '그게 언제였더라? 딱 이런 마음이었는데……' 이래저래 최악인 상황에서 이별 통보를 받았을 때였던 것 같다. 살다 보니 그런 일도 제법 되어서 딱 한순간만 꼽을 수는 없지만 말이다. 꼭 그때처럼, 내가 생각해도 난 아닌 것 같은 마음이었다.

확진 후 회복자들의 사회적 거리두기

「환우회에서 알려드립니다. 금일 확진 후 회복자들의 점심 집결 장소는 제2주차장 목련 나무 앞입니다. 메뉴에 대한 의견이나 회비 관련 문의는 인사팀 이은비 대리에게 문의하세요.」

사무실 컴퓨터를 켜자 쪽지 하나가 와 있었다. '이게 뭐지?' 하는 생각도 하기 전에 전화벨이 울렸고, 수화기를 들자 속사포처럼 은비가 말을 쏟아내었다.

"자금팀 선주 차장님이 설립자예요. 다들 말은 안 하지만 확진자들이 구내식당에 오는 걸 내켜 하지 않잖아요. 차장님이 일주일 동안 혼자 도시락을 먹었는데, 편의점 도시락 뚜껑이 잘 안 닫혀 버릴 때 애를 먹었대요. 한쪽 모서리를 맞추면 다른 한쪽이 열리고, 그쪽을 먼저 맞추니 다시 이쪽이 열리고 그러다 결국 본인 뚜껑이 열려서 그 날로 인사팀과 담판을 지은 거죠."

숨 쉬는 게 좀 편해졌다고 생각했는데, 은비의 대화 속도를 따라가는 것만으로도 숨이 가빠졌다. "확진 후 회복자라고 다 초청받는 건 아니에요. 증상이 남았거나 평소 개성이 좀 남다른 분들도 사절이죠. 그러니까 선배님은 몸과 마음 모두 합격!"

요약하면 이렇다. 격리 해제 후 일주일은 회사 방침에 따라 혼자서 식사를 해결하거나, 격리 해제자들끼리 따로 점심을 먹어야 하는데. 나는 별다른 고민 없이 후자를 택했다. 그 선택의 결과로 이렇게 미진과 마주 앉게 된 것이다. 대략 5년 만이었다.

미진과 나는 입사 동기로 5년 전 두 달이라는 짧은 연애를 하고 헤어졌다. 공개 연애는 아니었지만 알 법한 사람은 다 알았기 때문에, 무엇보다도 서로가 불편했기 때문에 이별 후에는 서로 마주치는 일이 없도록 의식적으로 피해왔었다. 오늘만 해도 둘만 있는 상황을 피하려고 초대장에 적힌 목련 나무 앞에서 20분을 더 기다렸지만, 더는 아무도 오지 않았다.

"여기가 아직도 있었네." 5년 전과 비교해 변한 게 하나도 없는 식당 내부를 꼼꼼히 둘러보며 미진이 신기한 듯 중얼거렸다. 그녀와 연애할 당시에 사람들의 눈을 피해 회사에서 제법 떨어진 이 일본식 덮밥 가게에 자주 왔었다. 가게의 메뉴가 몇 되지 않아서 메뉴를 선택하는 시간을 아껴서 그만큼 대화를 더 할 수 있어 좋았다. 그때는 그랬다.

그녀와 이별하고는 나 또한 처음이어서 놀랍기는 마찬가지였다. 오래전에 출연한 연극 무대가 철거되지 않았다는 것을 뒤늦게 알게 된 연극배우의 느낌이랄까, 아무튼 그랬다.

"그러네. 아직도 여기가 그대로 있었네."

그리고 또 한 번 천사가 우리를 찾아왔다.

프랑스에서는 대화 중 의도치 않은 침묵의 순간을 '천사가 왔다.'라고 한다. 천사는 목련 나무 앞에서부터 우리와 쭉 동행하고 있었다. 이 시각 프랑스 사람들의 대화는 단 한 번의 끊김도 없이 순조롭게 진행 중일 게 분명했다.

우리는 우연히 한 식탁에 합석한 사람들처럼 별말 없이 식사만 했다. 식당도, 음식의 맛도 같았다. 미리 짜기라도 한 것처럼 스피커에서 그 시절의 노래가 나왔는데, 노래 가사가 전에 없이 잘 들렸다. 듣다 보니 원곡은 아니고, 한 배우가 출연한 드라마에서 다시 부른 곡이었다. 그 외 그때와 다른 것은 우리 둘뿐이었다. 개인사에 대한 질문은 않더라도, 코로나19 확진자에 대한 뉴스 같은 세상 돌아가는 이야기는 좀 해도 되지 않을까 하는 생각을 하는 찰나에 미진이 먼저 입을 열었다.

"그래서 소설은 썼어?"

"응?"

"너 예전에 소설 쓸 거라고 했잖아. 배심원제가 도입된 미래의 대한민국에, 작가를 꿈꾸던 남자가 변호사가 되어서 강한 스토리 텔링으로 성공 가도를 달리는, 대충 이런 줄거리였던 것 같은데."

"아, 그거 아직 못 썼다."

"왜?"

"도입부는 썼는데, 막상 쓰려니 내용이 없더라."

"창작이라는 게 아이디어가 힘들지, 내용은 그냥 쓰면 되는 거 아냐?"

"난 안 그렇더라. 그 아이디어에는 내용이 없었어. 그래서 그건 관두고 다른 이야기를 구상했어."

"어떤 건데 들려줘 봐."

"지금?"

"기회가 왔을 때 잡아. 내가 예전에 네 수다의 최고 애청자였던 것 잊었어?"

내가 잠시 머뭇거리는 사이 식당 전체가 다시 환해지며 천사가 오려고 해서 얼른 이야기를 시작했다.

"음, 제목은 '헤어진 연인들을 위한 메타버스'야."

"오, 제목 근사한데."

"먼 미래의 대한민국에는 헤어진 연인들이 원하는 경우 일 년에 한 번 가상공간에서 만날 수 있도록 하는 메타버스 시스템이 상용화되었어. 두 사람은 약속한 대로 헤어지고 정확히 일 년째 되는 날에 시스템에 접속을 했는데, 가상공간에서 서로의 성별이 바뀐 것을 알게 돼. 그래서 일단 둘은 웃고 시작하지. 생각해보니 남자는 일 년 만에 처음으로 웃었어."

"이미 헤어졌는데 왜 만나?"

"연인으로서는 헤어져도 친구로서는 역할은 남는 경우가 있으니까."

"그럼 친구로 그냥 만나면 되잖아?"

"한번 사귀었던 관계가 그럴 수 있나. 서로에게는 새로운 연인도 있고, 다른 사람과 결혼도 할 거고,"

"하긴 그럴 수 있지. 우리도 그랬으니까."

미진의 말에 문을 나서던 천사가 씩 웃으며 우리를 돌아보았지만, 그녀가 금세 상황을 알아채고 말을 돌렸다.

"그래서 두 사람은 어떻게 돼?"

"여기가 끝이야. 도입부까지는 썼는데 이것도 역시 내용은 못 쓰겠더라."

도입부는 이랬다. '기억나지 않는 것은 기억에서 멀어진다는 뜻이다. 그리고 기억이 멀어지는 속도에는 독서가 크게 관여를 한다. 기억의 재료는 글자이기 때문에 글자가 계속 공급되지 않으면 새로운 기억을 건축할 수도 기존 기억을 붙잡을 수도 없기 때문이다. 그래서 남자는 지난 일 년간 의식적으로 단 한 권의 책도 읽지 않았다.'

"음, 아쉽네. 재미있을 것 같은데. 계속 써봐. 다른 이야기는 없어?"

"그다음 구상한 이야기 제목은 '연애 회생 신청'이야. 먼 미래의 대한민국에는 바람둥이는 아닌데 하여튼 어떤 사정으로 여러 사람을 만나다가 도저히 정리가 안 되고 힘에 부치면 법원에 '연애 회생 신청'을 할 수 있어. 사랑의 채무자는 한 명인데, 법원에서 소환장을 받은 사랑의 채권자는 여러 명이야. 법원은 감정기관에 채무자의 사랑을 감정하도록 명령해서, 사랑의 양과 질을 감정하고, 그 결과에 맞게 채권자들에게 사랑을 안분해 줘. 때때로 한 사람에게도 충당되지 않을 만큼 가난한 사랑의 채무자에게는 법원이 파산선고를 해. 이렇게 파산선고를 받게 되면 그 사람은 복권이 되지 않는 한 다시는 연애를 할 수 없어."

"오, 재밌다."

"내가 구상한 이야기 속 주인공은 여자인데, 법원에서 사랑 감정을 해보니 여자의 처음 예상과 달리 채무자인 남자 두 명에게 주고도 충분히 남을 만큼 여자의 사랑은 여유가 있었던 거지."

"반전이 있네. 그래서?"

"여기가 끝이야. 이것도 내용을 못 쓰겠더라."

이 이야기의 도입부는 이렇다. 「주문한 뻥튀기가 도착했다. 누룽지 스낵 뻥과자 열 봉지가 든 포장 상자를 열지 않고도 알았다. 이렇게 큰 상자가 이렇게 가벼우니, 뻥튀기가 아닐 수 없다.」

"음, 역시나 아쉽네. 이건 정말 재미있을 것 같은데. 또 있어?"

헤어진 연인을 위한 메타버스
연애 회생 신청
전문경영인 대통령 선거

좀비 건강검진
아직 10시는 되지 않았다
사진을 본 사람마다 옆에 있는 미인이 누구냐고 물었다
일본영화지도
나는 일이 힘들지 않다. 무지 힘들다.
월드와이드와이파이
사투리 단기 어학연수
릴렉스 가스라이팅
네가 떠났을 때, 떠나지도 못했을 때
다시 돌아올 거야, 너는

　나는 휴대전화 메모장에 기록한 구상 중인 소설들의 제목을 모두 그녀에게 보여주었다. 혹시 내일도 우리 둘만 점심을 먹게 된다면 나머지 이야기도 해주겠노라 약속하고 우리는 각자의 사무실로 돌아갔다. 점심값은 각자가 냈다.

　다음 날도 목련 나무 앞에 모인 사람은 우리 둘뿐이었다. 그러고 보니 오래전 한 봄밤에 꽃이 예뻐서 이 목련 나무 앞에 차를 멈추었다가 간 적이 있다. 그때 운전석 옆자리에 있던 사람이 미진이었다. 미진처럼 이 목련 나무도 가족을 이룬 듯 나무 양쪽으로 그때는 없었던 어린 목련 두 그루가 전에 없이 눈에 띄었다.

우리는 전날과 같은 식당을 찾았다. 전날과 같은 메뉴를 주문하고 프랑스에서 서울까지 천사가 방문하는 일이 없도록 내가 먼저 입을 열었다.

"다음으로 구상한 이야기 제목은 '전문경영인 대통령 선거'야. 먼 미래의 대한민국에는 대한민국 국적이 아닌 사람도 대통령이 될 수 있어. 재임 기간의 경제성장률 같은 계량 성과와 대한민국 국민의 정치 만족도 조사, 문화예술 부분의 국격상승 실적을 종합적으로 측정해서 재임 후에 스톡옵션과 같은 보너스도 주고, 반대로 실적이 부진하면 임기 중에라도 국민소환을 통해 언제든 해고할 수도 있어. 보너스 산정 지표에 올림픽 금메달 수도 넣어야 한다는 일부의 의견도 있었지만 포함되지는 못했어. 스포츠는 인생의 축소판이고, 중요한 건 과정이지 결과가 아니니까."

"이것도 재밌다. 그래서?"

"국민의 이익보다 당리당략에 따라 움직이는 정치인들을 견제하기 위한 소수당의 단순한 아이디어였는데, 지난 대통령 선거에 입후보한 여당과 야당의 대통령 후보 모두에게 실망한 여론이 마침내 헌법 개정까지 이루어 낸 거지. 세계에서 최초로 전문경영인 대통령 선거가 시작되었고, 생각보다 많은 입후보자가 나왔어. 자신의 세계적 인맥을 과시하는 전 유엔사무총장이나 강대국의 정치인들도 있었고, 미래 혁신을 선도하겠다는 유명한 경제인도 있었어."

"좋다, 좋다, 그래서?"

"여기가 끝이야. 이것도 내용을 못 쓰겠더라."

이 이야기의 도입부는 쇼스타코비치의 '다양한 오케스트라를 위한 모음곡'에 관한 짧은 경구로 시작된다.

'음악도 그래. 듣는 사람마다 달리 듣는 음악, 다양한 오케스트라를 위하여.'

"사실 예상은 했어. 그래도 재밌네. 하나 더 들려줄 시간 되지?"
"물론이지. 다음 이야기의 제목은 '좀비 건강검진'이야."
"내가 맞춰볼까? 이 이야기도 도입부만 있고 내용은 없을 거야. 그치?"
"내용이 없는 건 맞는데, 이 이야기는 도입부 대신 소설의 결말만 있어."

'좀비 건강검진'은 인사팀 근무 경험에서 나온 것이었다. 여태껏 채용 신체검사를 공무원 건강검진 기준에 따라 해왔는데, 갑자기 한 임원이 우리가 공무원도 아닌데 왜 공무원 기준을 따라 하냐고 몽니를 부린 것이다. 규정 담당자인 나와 채용 담당자인 은비가 함께 새로운 채용 신체검사 기준을 만들었다. 은비는 눈으로는 컴퓨터 모니터에 뜬 다른 회사의 채용기준을 읽으면서도 입으로는 "간이 나쁜 건 괜찮지 않을까요? 어차피 간이랑 쓸개는 집에 두고들 오잖아요?" 같은 농담을 쉴새 없이 던졌다.

"좀비 바이러스가 퍼져서 세상이 난리가 난 다음의 이야기야. 천신만고 끝에 백신과 치료제가 만들어져서 좀비에 물린 사람들은 치료하고, 나머지 사람들 모두에게는 백신을 맞춰서 세상에 다시 평화가 찾아와. 대충 이런 내용을 써야 하는데, 쓰지는 못했고 결론만 썼어. 한 인사팀 직원 둘이 채용을 해야 하는데, 예전 신체검사 기준을 쓸 수가 없는 거야. 좀비 바이러스에 감염되었던 사람들의 건강 기준을 알 수가 없었던 거지. 콜레스테롤 수치나 간 수치가 어느 정도 되어야 합격인지 뭐 이런 것들 말이야. 둘은 엄청나게 고민하다가 결국 이렇게 규정을 개정하기로 해. 공무원 채용기준과 같음!"

"공무원 채용기준에는 있어? 좀비 건강검진 기준이?"

"있을 리가 없지. 그냥 거기까지만 하는 거지. 뭐."

이야기는 남자 주인공이 새로운 삶에 대한 마음을 굳게 먹으며 마무리 된다. '사람을 바꿀 수는 없으니 내 마음을 고쳐먹자는 게 내 인생관이지만 수리가 너무 잦다 보니 마음이 연식에 비해 너무 낡아버렸다. 당분간은 사람을 고쳐쓰기로 했다. 다시 마음이 활기를 되찾기까지는.' 이렇게 말이다.

"도입부만 있거나, 결론만 있다. 결국 내용이 없다는 점에서는 마찬가지네."

"그런 셈이지."

"어쩐지 네 연애 스타일이랑 닮은 것 같아. 내용이 없다는 점에서. 너도 그렇게 생각하지?"

"알 것 같다. 그래도 말해봐 어떻게 닮았는지."

"언젠가 네가 어떤 속없는 여자에게 차이고 왔을 때 내가 말했지. 넌 사랑을 결승점으로 생각해서인지 연애에 내용이 없다고. 그런 너야 네가 사랑하는 사람 얼굴만 봐도 즐겁겠지만, 상대방은 다르다고. 너와 달리 사랑이 출발점인 사람들은 사랑해!라는 고백의 힘으로 이륙한 비행기가 날아, 날아, 어디에 착륙할지 기대하거든. 그런데 내려 보면 늘 출발한 공항이면 얼마나 실망하겠냐?"

'아직 10시는 되지 않았다' 또한 결론만 있는 이야기이다. 헤어질 결심이 선 연인에게 한 번만 더 생각하고 다음 날 10시에 생각한 결과를 알려달라고 부탁한 한 남자의 이야기다. 연인은 헤어지고 곧장 남자에게 문자를 보낸다. '한 번 더 생각해도 안 될 것 같다. 내일까지 기다릴 것 같아서 미리 보낸다.' 이렇게 말이다. 남자는 전화기를 보면서 속으로 이렇게 중얼거린다. '아직 10시는 되지 않았다. 아직 12시간도 넘게 남았다.' 그리고 집에 돌아온 남자가 두 사람이 함께 본 마지막 영화인 〈사라진 시간〉에 대한 10자가 넘는 10자 평을 인터넷 게시판에 남기는 것으로 이야기는 마무리된다. '너는 그곳에도 있지만, 내 머릿속에도 있다. 무엇이 진짜 너라고 아무도 말할 수 없지.' 이렇게 말이다.

이 이야기는 건너뛰었다. 미진에게 이 이야기를 했다가는 자기 말이 또 한 번 맞았다며 의기양양할 게 뻔했다. 그 의기양양한 얼굴을 또 볼 순 없지.

　다음 날에도 목련 나무 앞에 모인 사람은 우리 둘뿐이었다. 미진은 자가격리 해제일이 나보다 하루 빨라, 말하자면 내일이 우리 둘이 이렇게 점심을 함께 할 수 있는 마지막 날이었다. 우리는 내일은 식당에서 바로 만나자 약속을 했다. 목련 나무 앞에서는 이제나저제나 우리를 기다릴 천사 생각에 절로 웃음이 났다.

　남은 시간이 많지 않아 급한 마음에 적당히 이야기를 건너뛰다 보니, 오늘 남은 이야기 모두를 다 할 수 있었다.
　'그때는 언제 어디서나 음악을 들을 수 있는 환경이 아니었다. 특히 학교 수업 시간 같이 아예 노래를 들을 수 없는 때는 내가 마음속으로 부르는 노래를 들어야 했다. 지금 생각해보면 짝사랑의 작동방식과 같았다.'로 시작하는 '사진을 본 사람마다 옆에 있는 미인이 누구냐고 물었다'는 한 남자의 짝사랑 이야기이다.

"이 또한 내용은 없어."
"어련하겠어. 그래 다음."

　'일본영화지도'는 이별 후 연인을 생각하지 않기 위해 두 사람이 일본 영화를 함께 본 적이 없다는 사실에 착안해 일 년 동안 일본 영화만 보다가 마침내 일본영화지도를 그리게 된 한 여자에 관한 이야기이다. 도입부는 이렇다. '지금껏 피아노를 칠 줄 모르는 당신, 이별 후에는 피아노를 치는 사람이 되자. 당신의 사랑은 변하지 않기 때문에 당신이 변해야 한다.'

"이 이야기도 내용은 없어."
"그래 다음."

'월드와이드와이파이(worldwidewifi)'는 한 남자의 마음에 접속할 수 있는 와이파이 비밀번호를 알기 위해 카페와 식당의 와이파이 아이디와 비밀번호 사진을 찍으며 전 세계를 여행하는 여성 사진작가에 관한 이야기이다. 그녀는 자기가 사는 도시의 모든 화장실 비밀번호 사진을 찍으며 '월드와이드워시룸(worldfwidewashroom)'이라는 이름의 블로그를 운영하는 한 남자를 프랑스의 한 시골 카페에서 만난다.

도입부는 이렇다. '음악의 길이가 그 곡이 담고 있는 것의 길이가 아니듯 형식이 중요한 건 아니다. 나는 사진으로 시를 쓴다. 사진 한 장에 다른 한 장을 더해 행간을 만들고, 또 한 장을 더해 행간을 더한다. 행간마다 당신이 읽지 못한 사랑을 담아.'

"이 이야기도……."

"다음."

미진은 제목이 '나는 일이 힘들지 않다. 무지 힘들다'인 이야기를 좋아했다. 힘든 것은 사랑이고, 회사 일은 조금도 힘들지 않다고 생각하던 남자가 실연 후 일에서도 실패하는 이야기인데, 제목 그대로 남자는 결말에서 "나는 일이 힘들지 않다. 무지 힘들다."라고 쓸쓸히 중얼거리며 이야기는 끝이 난다.

"이거 재밌어. 진짜 재밌어."

'그 시절 라디오에서 나오는 아름다운 사랑 노래를 들으면 꼭 널 향한 내 맘 같아서, 내 마음이 이렇게 아름답구나, 나 혼자서 좋아했어.'라고 이야기를 끝내는 '사투리 단기 어학연수'는 서울에서 대학을 졸업 후 자리를 잡지 못해 다시 고향으로 돌아간 남자가 고향 친구에게 고향 말이 어색하다는 지적을 받고 사투리 단기 어학연수 프로그램에 등록했다가 우연히 학창 시절 여자친구를 다시 만나는 이야기이다.

"다음."

'릴렉스 가스라이팅'은 늘 대중에게 여유 있고, 친절했던 한 남자배우가 실은 연인의 릴렉스 가스라이팅으로 본 모습을 감추어 왔다는 의심을 품은 한 기자의 탐사보도를 다룬 이야기이다.

"오늘 점심 먹으러 오는 길에 문득 한 생각이어서 아직 아무것도 쓰지 못했어."
"다음."

나의 이야기는 여기까지가 끝이다. 그리고 미진과의 점심도 딱 하루 남았다. 미진은 내일 점심에는 자기가 구상한 이야기를 들려주겠다며 기대하라고 했다. 사무실로 돌아가는 차 안에서 '릴렉스 가스라이팅'의 결말을 떠올려 보았다. 이야기는 비로소 마음속 평화를 찾은 남자가 연인에게 마지막 편지를 쓰는 장면에서 끝이 난다.

살면서 피할 수 없는 일들이 있습니다.
그것은 우리가 우리의 과거를 바꿀 수 없기 때문입니다.

이런 경험은 우리의 삶에서 반복됩니다.
지난 일로만 치부하면
나 또한
나의 과거라는
정밀한 설계도로 만들어진
현재의 나를 고정하고 있는 모든 나사를 풀고

일일이 분해하고
망치로 찧어서
찻길에
거리에
옥상에서
뿌려 버리고 싶던 날도 있었지만

다만, 오늘은
그때와는 달리
차분하기만 합니다.

지난 적지 않은 경험을 통해,
무수한 망치질에 단련된 뜨거운 쇠처럼 결국 나는 단단해진 것일까요?
아무래도 좋습니다.
오늘은 우리가 이별하는 날입니다.

헤어지는 이유는
사랑하는 이유보다 구체적입니다.

그래서 나는 그처럼 구체적인 이별의 말을 대신해서

그처럼
쉽게 만져지고
느껴지고,
잊어버리기 쉬운
이별의 말을 대신해서,

우리 곁에 잠시 머물던
어떤 사랑의 말을 전하고자 합니다.

사랑하는 사람이 좋아할 한 편의 우화를 쓰려고 하는
남자가 있습니다.
남자는 이야기를 만들면서
책상이 구름을 저녁 식사에 초대하듯
사물을 의인화하기는 쉽지만,
거꾸로 사람을 책상이나 구름으로 만들기는
어렵다는 것을 깨달았습니다.
그것은 사람이 사물의 마음을 알지 못하기 때문입니다.
구름이 어떤 마음으로 흘러가는지
남자는 알지 못했습니다.
마음이 없는 사람은
사물화된 것이 아니라

사물이 되어버린 것이므로,
책상으로서의 자신의 본질을 간직한 채,
사람의 마음을 먹고
사람의 말을 하는 책상과는 다릅니다.
남자는 그녀가 좋아할 이야기를 쓰기 위해
책상과 구름의 마음을 알아보기 위해
자신이 책상이 되어야 한다고 결심했습니다.

그 순간 이후로 남자는 침묵하였습니다.

남자의 침묵은
책상이나 구름의 침묵처럼
늘 같은 자리를 지키거나
바람이 불면
바람이 불어가는 방향으로
흘러가기도 하였지요.
그리고 남자가 사랑하는 그녀는
남자의 벤치에 앉아
따뜻한 아침 햇살을 받으며 책을 읽고,
가끔 잔잔한 바람에 흘러가는
남자의 양떼구름을 한가롭게 지켜보는 것을 좋아했습니다.

*아직 사랑하는 사람이 좋아할 이야기는 쓰지 못했지만,
그때 그 순간만큼은 벤치와 구름도 행복했습니다.*

"내 이야기 제목은 이거야. '확진 후 회복자들의 사회적 거리두기.'"
내가 벤치, 아니 식당 의자에 앉기도 전에 미진이 말을 시작했다.

"예전에 한때 연인이었던 두 사람이 회사 코로나19 환우회 모임에서 5년 만에 만난 이야기지."

"우리 이야기잖아."

"그렇지. 두 사람은 그간 못한 이야기를 나눠. 연애만 하지 않았다면 두 사람 사이에 평생 계속되었을 수다지 뭐. 예전과 같은 식당에서 같은 음식을 먹고, 같은 음악을 들으면서 또 예전에 그랬던 것처럼 남자가 쓰고 싶은 소설에 관한 이야기를 나눠. 여자가 재미있는 건 재미있다 칭찬도 하고, 재미없으면 재미없다 타박도 하고"

천사가 나에게만 다시 찾아왔다.

"나의 이야기 속 감염병 확진 후 회복자들의 사회적 거리두기는 동시에 사랑에 확진되었다 회복된 사람들의 사회적 거리두기이기도 해. 연애를 했다는 사실 때문에 더는 만날 수 없는 사람에 관한 이야기 말이야. 난 그 이야기를 쓰고 싶어. 현실에서는 결코 만날 수 없을 테니 소설 속에서라도 그들을 만나게 해주고 싶어. 물론 아직은 나도 너처럼 내용은 없지만."

"그 이야기라면 이미 내가 썼어. 도입부와 결말, 내용까지도."

"내 이야기를 네가 이미 썼다고?"

"우리 이야기지. 내가 이미 썼고 너도 잘 아는 이야기야. 우리가 지난 며칠 동안 만난 게 그 내용이거든."

"우리가 만난 게 소설이라고?"

"그럼 소설이 아니고서야 우리가 어떻게 이렇게 만나냐. 요즘 확진자가 얼마나 많은데 환우회 모임에 우리 둘만 딱 나올 수가 있고, 애당초 이런 환우회가 있다는 게 말이 될까? 그리고 이 식당이 아직 있다는 것도. 이 주변이 재개발되어서 아파트 단지가 들어선 지가 언제인데. 그리고 무엇보다도 우리가 서로 내외한 세월이 얼마인데 실제라면 어색해서 얼른 도망갔겠지."

"아, 그렇구나. 그렇다고 생각하니 정말 슬프다. 지난 며칠 동안 너와 다시 친구로 돌아가 대화를 나누는 게 난 정말 즐거웠거든. 세상에서 가장 친한 친구를 다시 만난 기분이었어. 모두가 무병장수하는 미래의 대한민국에서 우린 뭐하러 연애를 해서 이렇게 긴 세월을 우정을 손해 보고 사는 걸까?"

나도 슬펐다. 천사도 슬픈지 눈길을 저만치 멀리 두고 있었다.

"아 그리고 지난 며칠 동안 우리가 만난 목련 나무 있잖아. 언젠가 꽃이 예뻐서 우리가 차에서 내려 본 나무였던 거 알아?"

"응. 난 첫날부터 알았어."

"난 지금도 거기 목련꽃이 제일 예쁘다고 생각해."

천사가 우리의 대화에 관심을 가지고 가까이 다가오려고 했고, 미진은 서둘러 다음 말을 이어갔다.

"그래서 이 이야기의 결론은 어떻게 돼?"

"우리의 마지막 점심, 그러니까 오늘 이 점심 식사를 마치고 우리는 회사 근처 카페에 들러 커피를 사. 소설이니까 사실 우리가 회사에 꼭 복귀할 필요는 없지만 그래도 직장인에게 복무는 중요하니까 테이크아웃잔에 받아서 말이야. 사무실에 가까이 갈수록 우리는 점점 더 말이 없어져. 사무실에 가기 전 마지막 갈림길에서, 나는 네게 이렇게 말을 해. 건강히 잘 지냈으면, 누구보다도 네가 행복했으면 하고 한 번씩 생각했다고 말이야. 그 말을 들은 넌 방긋 웃으며 나에게 묻지."

"겨우 한 번?"

∞

한 번씩 생각난다는 건 정말 대단한 거다. 하루는 자전거로 올림픽대교를 건넌 적이 있는데 엄청난 수의 갈매기가 강물 위에 둥둥 떠 있었다. 철새 도래지 사진에서나 보던 새 무리였다. 자동차로 다리를 건널 때 가끔 다리 난간이나 가로등에 앉은 갈매기를 보면서 (근처에 바다가 있는 것도 아닌데) 어디서 왔나 궁금했는데, 내가 보았던 건 강물 위 저 많은 새 중에서 날아오른 한 마리였다. 한 번씩 생각난다는 건 정말 대단한 거다. 우리에게 정말로 많은 추억이 있어야 가능한 일이다.

　강물 위 갈매기 무리 사진을 찍으려고 카메라를 챙겨, 다음 날 다시 올림픽대교를 찾았는데 갈매기 무리는 이미 사라지고 없었다. 시간을 달리해서 가보았는데도 마찬가지였다. 한 번씩 생각난다는 건 정말 대단한 거다.

〈끝〉

「매즈 미켈슨 주연의 영화 〈아틱〉은 조난 영화다. 영화가 시작되면, 한 남자가 이미 극지방에서 조난을 당한 상황인데, 어떻게?, 왜?에 대한 설명은 없다. 조난에 이르게 된 이유와 상관없이 앞으로의 상황은 누구에게나 같을 거라는 뜻 같았다. 남자를 구하러 온 구조 헬기가 추락해 남자에게 의식을 잃은 여자 조종사를 돌보아야 하는 일까지 더해져 상황은 최악에서 더 최악으로 치닫는다. 계속해서 상황은 더, 더, 더 최악으로 나아간다.

이 영화는 배트맨 시리즈가 아니기에, 어떤 강력한 새로운 악이 등장해도 두 시간 남짓한 상영 시간 안에 모든 혼란을 종식시키고, 세상 모든 것들을 원래의 자리로 돌려놓은 배트맨은 오지 않는다. 그래서일까? 남자는 결국 자기 안에서 배트맨을 불러냈다.」

김태완 박사가 얼마 전 발표한 논문은 이렇게 시작된다. 박사의 논문은 지난 3년간 세계를 휩쓴 '좀비 바이러스'에 관한 것이다. 논문 초록에는 박사가 미국 백악관의 긴급한 요청을 받아 워싱턴으로 가는 비행기에서 만난 한 남자에 관한 일화가 담겨 있다. 보통 논문의 초록에는 문헌의 내용을 간추려 기재하지만, 남자에 관한 일화만큼은 원문과 동일한 내용으로 담았다.

탑승 전부터 남자가 눈에 띄었다. 미식축구 선수 같은 덩치의 백인 남자가 주변의 시선에 아랑곳없이 "오케이!"라는 말을 계속해서 외치고 있었다. 나는 그가 무선 이어폰으로 연결된 누군가와 통화 중이라고 생각했다. 주변을 신경 쓰지 않는 일등석 탑승자의 안하무인 정도로만 치부한 것이다. 나는 그 남자 외에도 생각할 것이 많았다. 오늘 아침 집을 나설 때 내가 출근길에 정부가 제공한 차량에 탑승해 경찰의 호위를 받으며 공항에 도착해, 워싱턴으로 가는 비행기를 탈 것이라고는 상상도 하지 못했다. 심지어 나는 지금 여권도 없이 출국장에 앉아 있다.

비행기 탑승 후에도 그가 "오케이!" 하고 쉴새 없이 중얼거렸으므로 나는 처음으로 혹시나 하는 의심을 한 것도 사실이지만, 승무원의 주의 요청에 곧바로 그의 목소리가 잦아들었으므로 더는 그에게 관심을 두지 않았다.

모든 것이 순간이었다. 워싱턴행 유나이티드 항공사의 비행기가 엔진 소리와 주행속도를 동시에 높이며 활주로를 지나 하늘로 날아오른 것도, 비행기 안의 모든 좌석벨트 표시등이 꺼진 것도, "오케이!" 하는 남자의 목소리가 비행기 엔진 소음을 뚫고 비행기 안에 벼락 치듯 울린 것도, 남자가 여승무원 둘의 저지를 뚫고 비행기 출입문을 열기 시작한 것도 말이다. 나와 동승한 국정원 요원이 발포한 두 발의 총알을 등에 맞고 남자는 바닥에 맥없이 쓰러졌다. 발포 전 경고 규정을 어겼지만 어쩔 수 없었다고, 쓰러진 남자의 상태를 살피던 요원이 나에게 말했다. 나는 그의 말에 순순히 동의했다. 그만큼 인류의 상황이 급박했다.

좀비 건강검진

우리 회사 이야기만 하겠다. 지난 2년간 전 세계 모든 곳이 이와 크게 다르지 않았다고 감히 장담할 수 있다.

「당신의 열정이 화풀이로 오해받지 않도록! 당신의 화풀이를 열정으로 오해하지 않도록!」 몇 해 전 '직장 내 괴롭힘' 표어 사내공모 최우수작을 읽을 때마다, 난 이 표어를 쓴 사람은 뭔가를 알고 있지 않았을까? 하는 생각을 한다.

'화풀이'라는 단어를 빼고 그 자리에 '좀비 바이러스'를 넣으면 완벽하게 지금 이 상황과 맞아떨어지기 때문이다. 「당신의 열정이 좀비 바이러스로 오해받지 않도록! 당신의 좀비 바이러스를 열정으로 오해하지 않도록!」 이렇게 말이다. 당신이 어떤 일을 하건, 직위가 무엇이건 업무 중에 신경질적인 반응을 보였다가는 대번에 좀비 바이러스 감염을 의심받을 것이다. 또한 화가 치밀 정도로 전에 없던 일에 대한 열정이 생겼다면 스스로 좀비 바이러스 감염을 의심해야 한다.

한국인 뇌과학자 김태완 박사를 포함 세계적인 석학들이 미국 백악관에서 '좀비'라는 이름의 신종 코로나바이러스 출연을 공동 발표한 지도 벌써 2년이 지났다. 유엔에도 가입되어 있지 않은 한 작은 나라에 다녀온 사람 중 일부가 이상행동을 보이기 시작했고, 검사 결과 그들이 살아있지만 뇌 활동은 입자 단위까지 완전히 멈춘 것이 확인되었다고 했다. 바보가, 아니 좀비가 된 것이다.

석학들의 대표로 연단에 선 한국인 김태완 박사는 '좀비'라는 이름의 신종 코로나바이러스 또한 이전의 코로나바이러스처럼 호흡기를 통해서 감염된다고 각국의 방송국 카메라 앞에서 담담히 말했다.

"지금까지의 역학조사 결과 바이러스 '좀비'는 감염 후 증상 발현까지 평균 3년 정도의 시간이 걸리는 것으로 판단하고 있습니다. 한 가지 행동만 반복하는 초기 강박 증상이 심해지다 마침내 24시간, 365일 똑같은 행동만 반복하는 사람이 되어버립니다. 전날 유나이티드 항공기 기내 난동을 일으킨 감염자는 닫힌 문을 여는 강박 증상이 있던 것으로 확인되었습니다. 이외에도 지난 한 주 동안 대화 중에 같은 주장을 끝없이 되풀이하거나 머리를 벽에 박는 등 전 세계에서 각양각색의 감염 의심 증상이 보고 되었습니다. 이들은 뇌 활동이 완전히 멈춰서 음식과 같은 에너지원 없이 활동하기 때문에 시간 경과에 따라 점점 우리에게 이미 익숙한 외모로 변해갈 것입니다."

박사가 인공지능으로 예측한 증상이 진행된 감염자의 모습이, 영화 속에서 보던 흔한 좀비 사진 한 장이 백악관 프레스센터에 공개되자 전 세계가 시청 중인 TV 화면 속 외신기자들 사이에 흐르던 긴 침묵이 지금도 기억에 생생했다.

모든 게 박사의 예상대로였다. 국경에 장벽을 겹겹이 쳐 세상과의 출입이 통제되고, 정부 간 협약에 따라 위치와 국가 이름도 미공개된 바이러스 발원지에 사는 사람들이 가장 먼저 모두 좀비가 되었다. 우리 정부 또한 발원지에 대한 정보를 철저히 비밀에 부쳤지만, 마음만 먹으면 누구나 그곳 상황을 실시간으로 볼 수 있었다. 24시간, 365일 내내 유튜브 영상을 올리는 좀비 때문이었다. 상상보다 훨씬 각양각색의 좀비들이 사방에서 몰려다녔다. 다른 원숭이의 털을 쓸어주는 원숭이처럼 빗으로 다른 좀비의 흐트러진 머리카락을 단정하게 빗질해 보내는 좀비는 온라인에서 단연 화제가 되었다. 그다음으로 관심을 끈 영상은 같은 말만 반복하는 다른 좀비의 말에 귀를 기울이는 좀비였다. 무엇이든 상세하게 들어야 직성이 풀리는 강박이라고 한 정신의학 전문가가 댓글을 달았다.

"내가 좀비 되면 저 인간들부터 확 물어버릴 거야."

사내 인권담당자인 가영은 얼마 전 회의 석상에서 인권위원회 권고사항에 대한 주의를 촉구했다가 부장들로부터 '좀비권이겠지.'라는 대답을 들었다.

"너 그러다 배트맨한테 혼난다."

생각보다 세상은 평온했다. 감염 후 증상발현까지 걸리는 3년이라는 기간은 지난 몇 번의 신종 코로나바이러스를 겪으며 축적된 인류의 기술력이면 충분히 대응 가능한 시간이라는 마음의 여유를 주었다. 더욱이 발원지 방문자들이 무슨 이유에서인지 2년 동안 한 무인도에서 자발적 고립 생활을 한 덕에 이들이 섬을 빠져나온 후 최초 접촉한 사람들까지 고려해도 최소 2년이라는 준비기간이 인류에게 주어졌다. 김태완 박사는 바로 이 대목이 신이 아직 우리를 포기하지 않았다는 결정적인 증거라고 했다. 다국적 제약회사 연구실에서 좀비 바이러스의 유전자를 분석해 메신저 RNA(mRNA) 조각을 만들고, 이 mRNA 조각이 포함된 치료제를 내 몸에 주사해 내 몸속 T 림프구와 B 림프구가 원인 바이러스에 대항해 프로그램된 면역 반응을 일으키는 데까지 6개월이면 충분했다. 지난 20년간 보고된 백신과 치료제 부작용 사례는 단 한 건도 없었다.

"근데 왜 2년이 넘도록 백신 접종을 안 한다니?"
"배트맨이 곧 마무리될 거라고 했으니, 좀만 더 참아."

다들 참고 있다. 질병관리청에서 각 회사에 배포한 직장 내 의심 증상이 주로 뭔가를 참지 않는 행동에 초점을 맞춘 탓도 있었다. 회의

석상에서 공공연히 코를 판다거나, 통근버스에서 기어이 방귀를 시원하게 뀌는 행동도 예시에 있었다. 무의식중에 얼굴로 손이 올라가는 것도 참는 판에, 업무 중에 신경질적인 반응을 보였다가는 대번에 좀비 바이러스 감염자로 신고될 판이었다. 대부분은 국가 지정병원에서 문진을 받는 걸로 끝나지만, 심하면 국가 건강검진 센터에서 뇌 상태를 확인받아야 한다. 공식 명칭 대신 주로 '좀비 건강검진센터'로 불리는 이 센터에는 원자 단위까지 측정 가능한 자기공명 영상장치(MRI)가 있어 정확한 검진이 가능했다. 검진 결과 확진이 되면 국가 요양시설로 격리되고, 확진이 안 되더라도 대개는 재택으로 근무 형태가 바뀌었다. 감염 후 일 년 이내의 초기 감염증상은 자기공명 영상장치로도 판별이 안 되고 무엇보다 주변에서 불안해했기 때문이었다. 그러니 다들 기를 쓰고 참을 수밖에. 그래서일까 최근 직원들의 건강검진 결과에 유독 간 수치 상승이 눈에 띄었다.

"백기사가 새 글을 올렸어요." 호시탐탐 대화에 끼어들 기회를 노리던 은비가 마침내 대화에 합류했다.

"뭐라고 올렸는데?"

"인사부장이 감염된 게 틀림없대요."

"나?"

"네." 은비가 웃는다.

자기 상사가 좀비가 되었다는데 웃는다. 화를 내면 안 된다. 절대 안 된다. 나는 한 집안의 기둥이다.

"이유가 뭐래?"

"그냥 틀림없대요."

사내 무기명 게시판 '백가쟁명'은 좀비들의 세상이 된 지 오래되었다. '백기사'는 매일 한 명씩 좀비 바이러스 감염 의심자를 게시판에 올렸고, '흑기사'는 '백기사'의 게시물에 무조건 반대했다. 둘 다 딱히 이유는 없었다. 이 둘은 좀비 증상 발현자가 틀림없었지만, 문제는 무기명 게시판에 글을 올린 사람을 특정할 방법이 없었다.

그렇다고 아이디 '백기사'가 늘 틀렸던 건 아니다. '백기사'가 최초 지목한 재무팀 박 팀장만 해도 좀비 건강검진센터를 거쳐 지금 모처에 격리 중이다. 어쩌면 이번에도 백기사의 말이 맞을지도 모른다. 무조건 아니라고 하면 거짓말이기 때문이다.

거짓말

여행은 돌아오는 것이라고
언젠가 호주에서 돌아와
당신이 내게 선물한
나무 부레랑

멀어진 당신에게 던져본다

*돌아오지 않는다
당신처럼*

 시가 내게로 왔다.* 파블로 네루다에게처럼 근사한 시가 온 것은 아니지만, 그래도 과자나 사랑이 찾아오지 않은 것만으로도 다행이다 싶었다. 한 조사 결과에 따르면 사람들이 가장 원하지 않는 좀비 증상 1위가 '식탐'과 '사랑'이었다. 그다음으로 '포켓몬 카드 159장 모으기 좀비' 등이 있었다. 편의점을 돌며 포켓몬 빵을 구하는 게 너무 힘들어서라나.
 박 팀장의 증상은 그 중 '사랑'이었다. 박 팀장의 고백을 받은 한 남자는, 요즘 보기 힘든 그 신사분은 곧바로 바이러스 감염이 의심해 박 팀장을 잘 설득해 돌려보냈지만, 박 팀장은 식전(食前) 가스레인지 불 위에서 펄펄 끓는 김치찌개 같은 자기 사랑의 뜨거움을 호소하며 인사부장인 나를 찾아와 고충 상담을 하고, 사내 변호사에게 법률 조언까지 요청했다. 두 달 전 일이다.

 팽이

―――――――
* 파블로 네루다, 〈시가 내게로 왔다〉 중에서

너여야만, 반드시 너여야만 하는 사랑
해본 적 있다. 나여야만, 반드시 나여야만 하는
삶의 길가에서, 중심에 너를 두고 온종일 팽팽돌던

  병가 처리를 위해 격리시설에서 화상으로 만난 박 팀장은 남자의 생일인 4월 13일을 생각하며 온라인 음악채널에서 정확히 4분 13초 분량의 음악들을 찾으며 시간을 보낸다고 했다. 이 사랑이 없이는 자신은 아무것도 될 수 없을 것을 확신하며, 자신은 치료제가 개발된다고 해도 이 꿈같은 시간에서 깨고 싶은 마음이 없다면서 말이다. 내가 아는 박 팀장님은 회사 안팎에서 흠모하는 남자들이 꽤 있었지만, 연애라면 질색을 했다.

  이래저래 셰익스피어의 희곡 〈한여름 밤의 꿈〉 생각이 났다. 빗나간 큐피드의 화살을 맞은 팬지꽃의 즙을 잠자는 사람의 눈꺼풀에 바르면, 요정들의 여왕 티타니아도 나귀 머리와 사랑에 빠진다. 박 팀장을 면담하고 회사로 돌아오는 택시 안에서 "좀비 바이러스라는 게 결국 잠든 여인의 눈에 큐피드 꽃 즙을 바르는 나쁜 장난 같다." 하고 중얼거렸는데, 그 말을 들은 은비가 "셰익스피어가 여자인 걸 아셨어요?" 하고 혼자서 열을 올린다. 영화에서 봤다고 말이다. 한 영화에서 남장을 한 기네스 팰트로우가 셰익스피어 역할을 했다는 말 같다. 〈어벤져스 엔드게임〉도 보았을 텐데, 그럼 아이언맨이랑 셰익스피어가 부부란 말인가? 화내면 안 된다. 화를 내면 안 된다. 난 화내지 않는다.

카페 M

제주 바다에 가면 세상의 모든 것은 결국 같은 것들로 가득한 어딘가로 흘러 모이기 마련이라는 생각을 하게 된다. 평화, 자유, 사랑, 미소 이런 것들의 해변에 작은 찻집을 하나 내고 싶다.

시가 나를 찾아온 건, 셰익스피어의 희곡 〈한여름 밤의 꿈〉을 다시 읽은 저녁이었다. 희곡 안에서 퀸스 일당이 아테네의 공작을 위해 공연한 연극 〈피라무스와 티스베〉의 내용은 우리가 익히 알고 있는 〈로미오와 줄리엣〉과 같다. 어쩌면 〈로미오와 줄리엣〉 못지않게 비극적인 박 팀장의 러브스토리를 듣는 동안 내 마음에서 샘솟아나, 빠져나갈 곳을 찾지 못해 마음에 들어찬 낱말들이 셰익스피어의 희곡 운율에 맞춰 길을 찾았는지도 모르겠다.

K에게

나는 당신의 메뉴판 세 번째 페이지입니다
요즘 당신이 통 넘겨보지 않는 메뉴이지요
편식은 나쁘다지만 어디까지나 나중의 일이고요

당신은 당신대로 이유가 있습니다

당신을 볼 수 없으니 당신만 생각합니다
늘 당신이 궁금해 하던
내 향수의 이름이며(후추입니다)
내 고향의 푸른 바다(원산지를 물으셨습니다)

당신에게 침묵했던 것은
당신께 좀 더 다가가기 위함이었습니다
(당신은 생선가시가 목에 박힌 듯 답답하다 하셨지요)

그 때가 정말로 우리의 마지막이었을까 가끔씩 내게 묻습니다
지금은 나도 몰라 답할 수 없고요

언젠가 당신이 옛 사진첩을 넘겨보듯
나를 만났을 때
그때는 당신 너무 지쳐있지 않기를
잔가시 많은 갈치조림
나를 주문하기에 충분히 그렇게 충분히 말입니다

그날 나는 하룻저녁에 11편의 시를 썼다. 나는 지금껏 시를 쓰기는

커녕 읽지도 않았던 대한민국의 중년 남성이다. 그런 내가 시를 쓰는 좀비가 된 것이다. 차라리 나의 증상이 사랑이었다면……. 나는 사랑이 치료 가능한 병이라는 것을 알고 있다. 정신과에서 분리불안 진단을 받고 2년 정도 약을 먹었는데 치료가 끝났을 때 분리불안뿐 아니라 사랑도 함께 사라져 버린 것을 경험한 적이 있다. 사랑에도 시간은 약이 되었다.

사랑이 어떻게 그래요

요즘 부쩍 '오아시스'와 '신기루' 이 두 단어의 뜻이 서로 헷갈린다. 최근에 만난 신기루가 오아시스의 모습을 하고 있어서 그런가 싶다. 나쁜 년.

"흑기사가 부장님 좀비 아니래요." 은비가 깔깔 웃는다. 게시판에서 자기 부장에 대한 논지를 벗어난 외모 지적이 난무하고 있는데도 말이다. 백기사, 흑기사라고만 할 수 없이 우리 가까이 바짝 다가선 좀비 바이러스를 생각하면 심각하다면 무척이나 심각한 상황인데도 눈치도 모르고 늘 웃기만 하는 은비도 참……, 좀비인가? 하는 생각이 들었다가 곧 사라졌다. 화내면 안 된다. 나는 화내지 않는다.

야구는 결코 죽지 않는다

야구는 미국에서 시작되었고, 일본을 거쳐 한국에 들어왔다
미국 야구 OUT은 일어 살(殺)을 거쳐
한국에서 '죽었다'로 번역되었다
몇 해 전 나는 – 지난 밤 내 사랑은 3루에서 죽었다
라고 쓴 적이 있다

오늘 한국과 일본 국가대표팀 간 야구경기를 중계하던 해설자는
아무 데나 죽음을 가져다 붙이는 일본의 사무라이 정신이
끝이 나도 끝나지 않는 야구의 오역을 불렀다며
조금 전 3루 주자는 단지 아웃되었을 뿐이라고
야구는 결코 죽지 않는다 말했다

오늘 밤 나는 몇 해 전 사랑을 꺼내
두 줄을 긋고 다시금 고쳐 쓴다

– 지난 밤 내 사랑은 3루에서 아웃되었다
  내 사랑은 죽지 않는다, 다만 아웃될 뿐이다.

2년 전 배트맨이 경고한 것처럼 시간의 경과에 따라 대한민국에도 좀비 의심 증상을 보이는 사람들이 점점 더 늘어났다. 육회 전문점의 상호를 '지금까지의 육회는 잊어라.'에서 '지금까지의 후회는 잊어

라.'로 일방적으로 바꾸겠다고 발표한 프랜차이즈 업체 사장도 감염자로 확진되었다. 메뉴에는 분명 핫(HOT)이라고 쓰여 있는데, 왜 커피가 뜨겁지 않고 따뜻하냐고 커피 전문점마다 민원을 넣는 중년 남자부터, 매번 따뜻한 아이스 아메리카노를 주문한다는 개성 뚜렷한 젊은이, 주문하지 않은 음식을 먹겠다고 우기는 손님과 반대로 주문하지 않은 음식을 먹으라고 강요하는 식당, 내가 이미 행복한데 왜 내가 행복하다는 걸 증명해야 하느냐고 우기는 수학자, 처방전에 반신욕을 반드시 좌욕이라고 기재해야 직성이 풀리는 재활의학과 의사와 베토벤의 허락도 없이 비창 2악장과 월광 3악장의 이름을 맞바꿔버린 연주자도 있었다. 인터넷 사이트를 통한 접촉으로도 좀비에 감염될 수 있고 전 국민의 90프로가 이미 감염된 것으로 추정된다는 확인되지 않은 정보를 게시판에 올린, 그것도 사내 무기명 게시판에 기어이 실명으로 의견을 올려 좀비 건강검진이 의뢰된 감사실 윤미리 직원도 있었다. 한 유명 서점의 공식발표에 따르면 지난 일 년간 책을 읽은 사람보다 책을 쓴 사람이 더 많다고 했다. 때때로 나도 내가 쓴 시를 은비에게라도 보여줄까? 하는 마음이 들었지만 그래서 참았다.

생활 토착형 좀비들이 대한민국 전역을 장악한 건 확실했지만 그래도 나처럼 증상을 참는 사람의 수가 마침내 폭발해버린 사람들보다는 확실히 많았다.

그리고 마침내 모두가 기다리던 정부의 백신과 치료제 접종 발표가 있었다.

"때로는 사람들에게 믿음에 대한 보상이 주어져야 한다!"* 의미심장한 한마디를 배트맨이 세상에 던진 것 말고는 여느 날과 모든 것이 같은 평범한 날이었다.

눈에 안약을 떨어뜨려 감염 여부를 확인해서, 미감염자인 경우는 백신을, 감염자인 경우는 치료제를 투약한다고 했다. 신종 코로나 바이러스 백신, 치료제 모두 안약이었다. 지지층이 정확히 반으로 양분된 선거처럼 투약은 일사천리로 이루어졌고, 투약 후 이틀이 지나면 약효가 즉각적으로 나오는 것은 다른 코로나 바이러스 치료제와 다름없었다.

격리시설에서 투약을 마친 박 팀장도 큐피드 꽃을 물리치는 디아나 꽃 즙을 눈에 넣은 티타니아 여왕처럼 원래의 모습으로 돌아와, 늘 보던 눈으로 다시 세상을 보았다.**

달항아리

누군가를 보면
마냥 설레고 좋은 감정이
불가마라는 필수단계를 거쳐

---

* 영화 〈The Dark Knight〉 중에서
** 윌리엄 셰익스피어, 〈한여름 밤의 꿈〉 중에서 대사 일부 인용

진짜 사랑이 되면 그때부터는 도자기가
깨어질까 괴롭다. 내려놓고
가만히 지켜보면
이리 좋은데

같은 서울에서도 2년 넘게 만나지 못한 사람들을 만나느라 한동안 시를 잊고 있었다. 그 무렵이었다. 호주로 조기유학을 간 아이와 아내로부터 겨울을 선물한다는 메일을 받았다. 아침에 출근하려고 문을 열었는데 마침 겨울이 배달되어 있었다. 출근이 바빠 상자 안을 다 보지는 못했지만 언뜻 함박눈도 있고, 새해도 있었다. 그 외에도 많은 것들이 눈에 띄었지만 나는 그 중에서도 한겨울 밤 집으로 돌아가는 길에 뜬 초승달이 제일 좋았다. 내 마음속 누군가의 눈썹처럼 깜깜한 상자 안에서도 조용히 빛나고 있었다. 한동안 결국은 나 혼자라는 생각을 많이 했었는데, 그 빛이 출근길에서도 그랬고, 계속해서 나를 따라다녔다. 내 영혼 속에서 조금씩 밝아오는 그 빛을 해독하며 나는 어렴풋한 첫 줄을 썼다.

오늘

눈이 온다. 그대도 오라.

전날 좀비 바이러스에 감염되었던 사람들의 건강 기준에도 맞는 범용성 있는 채용 건강검진 기준을 만들라는 임원의 지시가 있었다. 아직 채용 시기도 멀었고, 바이러스 감염 후 회복자들의 콜레스테롤 수치나 간 수치가 어느 정도 되어야 합격인지 사실 기준도 없었다. 그래도 지시가 있었으니 검토하는 시늉이라도 해보라고 채용 담당인 은비에게 지시했다. 법무팀 규정 담당자인 또래 남직원과 종일 희희낙락이더니, 퇴근 시간이 다 되어서 내게 가져온 보고서에는 '공무원 채용기준과 같음' 달랑 한 줄이 적혀 있었다.

"공무원 채용기준에는 있어? 좀비 건강검진 기준이?"

"있을 리가 없죠."

사람을 바꿀 수는 없으니 내 마음을 고쳐먹자는 게 내 인생관이지만 수리가 너무 잦다 보니 마음이 연식에 비해 너무 낡아버렸다. 당분간은 사람을 고쳐쓰기로 했다. 다시 마음이 완전히 활기를 되찾기까지는.

"야! 이은비!"

2년 넘게 쌓인 화가 퇴근 시간의 소음을 뚫고 사무실 전체에 울렸다. 다가오는 건강검진에는 간수치가 확실히 좋아질 거라는 예감이 든다. 이런 내 마음을 읽었는지 은비가 계속해서 깔깔 웃었다.

∞

김태완 박사는 지난 2년간 운영한 '배트맨' 사이트를 닫으며 자신을 믿고 끈기를 갖고 기다려 준 지구촌 사람들에게 감사하고, 기나긴 우주의 시간에서 그들과 같은 시대를 살아가는 무한한 영광의 마음을 전했다. 지난밤 서울에 내린 비로 연구실에서 내려다보는 한강의 수위가 높아지고 물살은 빨라졌지만, 며칠이 지나면 곧 예전과 같이 고요히 흐를 것을 안다는, 짧은 끝인사를 남기고 그는 떠났다. 세상에 '좀비'가 다시 나타나면 언제든 배트맨도 우리에게 다시 돌아올 것을 약속하는 박쥐 조명을 홈페이지 한편에 환하게 밝혀 둔 채로.

〈끝〉

'레이크 루이스'는 캐나다 로키에 있는 호수의 이름이며, 선율이 유려하고 평화로운 유키 구라모토의 피아노곡이다. 또한 '레이크 루이스'는 내 정수리에 생긴, 세월의 경과에 따라 점점 더 넓어지는 호수 이름이기도 하다. 누구든 높은 곳에서 서 있는 나를 내려다보면 햇빛을 반사하는 나의 '레이크 루이스'를 볼 수 있다. 나는 최근에 머리카락을 검정 색깔로 염색했다. '검정'은 원래 빛을 반사하지 못하는 색이지만, '레이크 루이스' 덕에 내 머리에서는 빛이 반사된다. 날이 갈수록 점점 더 풍성해지는 빛을 말이다. 며칠 사이 부쩍 올라간 기온 때문인지 관사에서 집무실까지 걸어가는 내내 '레이크 루이스'는 만수위(滿水位)를 유지하고 있다. 잔잔한 호수 표면이 순한 아침햇살을 받아 반짝였다. 문득 이렇게 '레이크 루이스'가 반짝이는 것은, 저 태양과 나 사이에 아무것도 없기 때문이구나 하는 생각을 했다. 상징적인 의미로도 이곳에서는 저 태양 아래 내가 가장 높긴 하다. 경호원들의 수신호를 받은 경비병의 힘찬 거수경례에 나는 천천히 목례로 답을 했다.

전문경영인 대통령 선거

 복도에서 잔잔하게 흘러나오는 쇼스타코비치의 '다양한 오케스트라를 위한 모음곡' 2번 '왈츠'를 들으며 출근한 영향인지, 자비스는 책상에 기대선 채로 메모지에 뜻 없는 짧은 경구를 썼다.

 '음악도 그래. 듣는 사람마다 달리 듣는 음악, 다양한 오케스트라를 위하여.'

 그날은 캐나다인 자비스가 대한민국 대통령에 된 지 꼭 한 달이 되는 날이었다. 자비스는 캐나다와 같은 깨끗한 공기를 대한민국에 선물하겠다는 대표 공약으로 대한민국 최초의 전문경영인 대통령 선거에서 당선되었다.
 자비스가 지지층의 당선 선물로 선거 기간 동안 더 넓어진 정수리

탈모 부위에 모발 이식수술을 받은 일부터, 영부인 메건이 한복을 입고 캐나다 가족들을 공항에서 맞이하는 모습까지 신임 대통령 내외의 일거수일투족을 주시하던 온 나라의 관심도 조금은 잦아들 무렵이었다. 자비스는 문득 취임식 날 홀가분한 표정으로 행사장을 떠나던 전직 대통령의 말이 생각났다.

"참고하시라고 자료를 좀 남겼으니 이런저런 일들이 정리되면 우선 그 사람을 만나시지요."

'그 사람'은 협력팀 양 집사를 뜻했다.

전직 대통령의 홀가분한 표정에서 단순히 임기를 잘 마무리했다는 것 이상의 어떤 의미가 담겨 있는 것 같기도 하고, 대통령 비서실에도 비밀이라는 그 협력팀이라는 곳이 도대체 뭘 하는 곳인지 궁금하기도 해서 바로 양 집사를 호출했다.

"대통령님 처음 인사드립니다."

"어서 오세요. 양 집사님. 편해지면 그냥 제임스라고 부르세요. 대한민국 생활이 처음이라 양 집사님께 많은 도움 부탁드리겠습니다."

"최선을 다해 모시겠습니다. 대통령님."

"그래요. 감사합니다. 참, 그런데 양 집사님, 전임 대통령께서 집사님께 맡겨두신 일이 있다고 들었습니다. 그게 어떤 내용이죠?"

"네, 대통령님. 지금부터 말씀드리는 내용은 전직 대통령님들과 업무 담당자인 저만 알고 있는 사항입니다. 별채 협력팀의 업무는 정치적인 이해에 상관없이 오직 대통령만이 알고 있어야 하는 특수한 사항을 취급하는 곳입니다."

"잘 이해가 되지 않는데, 국가 공무에서 그런 게 가능합니까?"

"내용을 들어보시면 이해가 가실 겁니다. 업무 중에서도 가장 핵심 사항부터 보고 드리겠습니다. 지난 1958년 미국 백악관에서 당시 대한민국의 대통령에게 직접 연락을 취해온 일이 있었습니다. 비밀리에 한 가지 사실을 조사해 달라는 내용이었습니다. 특정 날짜를 언급하면서, 출생연도에 상관없이 한국에서 해당 월일에 출생한 사람이 얼마나 되는지를 알아봐 달라는 내용이었습니다. 당시 호적계 실무자로 근무하고 있던 저는 대통령으로부터 직접 명령받아 해당 업무를 수행했고 그 결과는 충격적이었습니다. 미국 측에서 알려온 그 날짜에 태어난 사람이 단 한 명도 없었습니다."

"그 날짜에 태어난 사람이 단 한 명도 없었다고요?"

"그렇습니다, 대통령님. 더욱 놀라운 사실은 이 업무를 수행하면서 저도 최근에야 알게 된 사실인데, 전 세계를 통틀어 그 날짜에 태어난 사람은 단 한 명도 없습니다. 각국의 대통령들과 대외협력 업무를 담당하는 직원들만이 알고 있는 사실입니다."

"사실이 그렇다고 하더라도, 그게 그렇게까지 쉬쉬할 일인가요?"

"미국과 유럽쪽 국가들에서는 이 사실을 물리학적 가능성으로 접근하고 있습니다. 다차원이론, 그러니까 영화 〈매트릭스〉처럼 지금 이 세계가 가상세계일 가능성을 조사하는 것입니다. 또 몇몇 국가들에서는 종교적인 메시지에 주목하고 있습니다. 신께서 남겨둔 날짜라고 믿는 것이지요. 국가마다 입장은 다르지만, 세계 정상들이 모이는 회담 장소에서는 반드시 이 비밀과 관련된 별도의 자리가 마련되고 있습니다."

"듣고 보니 그럴 수 있겠군요. 이 사실에 접근하는 태도에 따라서 엄청난 혼란을 가져올 수 있겠어요. 해명 가능한 현실적인 방법도 없을 테고."

"그렇습니다. 대통령님."

"그럼 올해 말에 서울에서 개최되는 G7에서도 같은 의제가 다뤄지는 것인가요?"

"그렇습니다. 수행원 없이 대통령님끼리만 모이는 별도 장소에서 다뤄질 예정입니다. 하문하신 사항을 포함하여 별도로 협력팀 업무 보고를 준비해 놓았습니다. 업무의 특성상 별채 밖에서는 다룰 수 없는 사항이라 비서실과 협의하여 별도로 날짜를 정해서 보고 드리겠습니다."

"양 집사님 말씀대로 그 일은 그렇게 처리하시지요."

"네, 대통령님."

"아, 집사님. 그런데 말씀하신 그날이 며칠이죠?"

"네, 대통령님. 세부 보고에 앞서 일단 날짜만 말씀 드리겠습니다. 그날은, 말씀하신 그날은 바로 11월 14일입니다."

"응? 11월…… 14일이요?"

"네. 그렇습니다. 대통령님. 11월 14일입니다."

"11월······ 14일은 내 생일인데······."

〈끝〉

한 사진집을 읽고, 소영은 옛 연인이 보낸 엽서를 읽은 느낌이 들었다. "잘 지내죠? 저도요!" 이렇게 말이다.

높임말을 쓰는 건 어색했지만, 연인 이름 앞에 '옛'이 붙은 이상 서로 간에 뭐든 예전 같은 자연스러움을 기대할 수는 없다. 옛 연인이 다른 나라에서 보낸 엽서에는 그가 찍은 사진들뿐 구체적인 안부를 짐작할 수 있는 글은 없었지만, 그래서 오히려 더 잘 지낸다는 확신이 들었다. 안부가 궁금한 누군가가 일상에서 바라보는 것들에 깃든 평화와 아름다움을 내 눈으로 직접 보니 더 안심되었다고나 할까. 그렇게 생면부지 한 남자의 옛 연인을 대신해서, 소영은 그가 잘 지내고 있음에 안심했다.

네가 떠났을 때, 떠나지도 못했을 때

Postcard 1

Montreal, QC, CANADA, 2019

Montreal, QC, CANADA, 2019

YES LOBSTER ART GROUP

I wish you were here.

YES LOBSTER ART GROUP	I wish you were here. _____ _____ _____ _____

Postcard 2

Prince Edward Island, PE, CANADA, 2019

Prince Edward Island, PE, CANADA, 2019

펼쳐두고 한나절 잊어버리면
다시 쌩쌩해지는 우산처럼

Postcard 3

Halifax, NS, CANADA, 2019

Halifax, NS, CANADA, 2019

Postcard 4

Halifax, NS, CANADA, 2019

Halifax, NS, CANADA, 2019

네가 떠났을 때
떠나지도 못했을 때

Postcard 5

Halifax, NS, CANADA, 2019

Halifax, NS, CANADA, 2019

Postcard 6

Hail Pond, Halifax, NS, CANADA, 2019

Hail Pond, Halifax, NS, CANADA, 2019

Withrod Lake, Halifax, NS, CANADA, 2019

Hail Pond, Halifax, NS, CANADA, 2019

Postcard 7

Halifax, NS, CANADA, 2019

Halifax, NS, CANADA, 2019

Halifax, NS, CANADA, 2019

Halifax, NS, CANADA, 2019

Halifax, NS, CANADA, 2019

Halifax, NS, CANADA, 2019

Postcard 8

Ottawa, ON, CANADA, 2019

Halifax, NS, CANADA, 2019

Postcard 9

Halifax Citadel, NS, CANADA, 2019

Halifax Citadel, NS, CANADA, 2019

Postcard 10

Halifax, NS, CANADA, 2019

Postcard 11

Evangeline Beach, Wolfville, NS, CANADA, 2019

수평선이 약간
오른쪽으로 기운 것 같지 않아?

Postcard 12

Prince Edward Island, PE, CANADA, 2019

Prince Edward Island, PE, CANADA, 2019

Postcard 13

Peggys Cove, Halifax, NS, CANADA, 2019

Peggys Cove, Halifax, NS, CANADA, 2019

수평선이 약간
오른쪽으로 기운 것 같지 않아?

Peggys Cove, Halifax, NS, CANADA, 2019

Peggys Cove, Halifax, NS, CANADA, 2019

Peggys Cove, Halifax, NS, CANADA, 2019

"뒤돌아봐!"
영화 속 오르페우스 에피소드는 멀리 있는 사랑의 기억을 떠올릴 때마다
더 가까운 이별의 고통이 따라온다고 하더라도, 그 고통이 지옥이라도,
내 사랑을 잊지 말라는 연인의 당부가 담긴 은유 같다. 근사하다.
[영화 〈타오르는 여인의 초상〉을 보았어!]

Peggys Cove, Halifax, NS, CANADA, 2019

Peggys Cove, Halifax, NS, CANADA, 2019

Postcard 14

Evangeline Beach, Wolfville, NS, CANADA, 2019

Evangeline Beach, Wolfville, NS, CANADA, 2019

Postcard 15

Hopewell Rocks Park, NB, CANADA, 2019

Hopewell Rocks Park, NB, CANADA, 2019

Postcard 16

Wolfville, NS, CANADA, 2019

Wolfville, NS, CANADA, 2019

Postcard 17

Halifax, NS, CANADA, 2019

Postcard 18

Halifax, NS, CANADA, 2019

Postcard 19

Halifax, NS, CANADA, 2019

Halifax, NS, CANADA, 2019

Postcard 20

Halifax Citadel, NS, CANADA, 2019

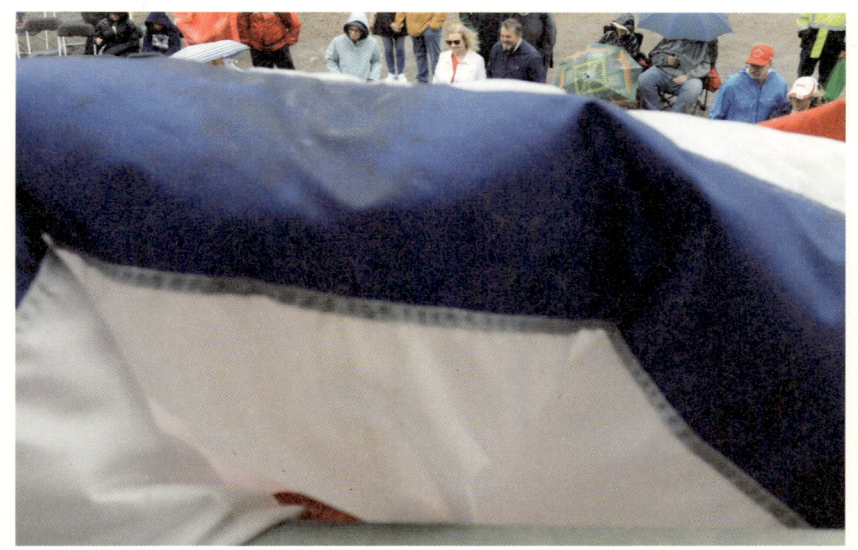

Halifax Citadel, NS, CANADA, 2019

Postcard 21

Halifax Citadel, NS, CANADA, 2019

Halifax, NS, CANADA, 2019

Postcard 22

Digby, NB, CANADA, 2019

Digby, NB, CANADA, 2019

Postcard 23

Digby, NB, CANADA, 2019

Digby, NB, CANADA, 2019

Postcard 24

Washington D.C., USA, 2019

Washington D.C., USA, 2019

Postcard 25

Washington D.C., USA, 2019

Washington D.C., USA, 2019

Postcard 26

Washington D.C., USA, 2019

Washington D.C., USA, 2019

Interstate 95, USA, 2019

Claymont, DE, USA, 2019

Postcard 27

Interstate 95, USA, 2019

Interstate 95, USA, 2019

Postcard 28

New York, NY, USA, 2019

New York, NY, USA, 2019

Postcard 29

New York, NY, USA, 2019

New York, NY, USA, 2019

New York, NY, USA, 2019

Postcard 30

New York, NY, USA, 2019

New York, NY, USA, 2019

New York, NY, USA, 2019

New York, NY, USA, 2019

Postcard 31

Corney Island, NY, USA, 2019

Corney Island, NY, USA, 2019

Postcard 32

New York, NY, USA, 2019

New York, NY, USA, 2019

사진은 기억이고, 대체로 사람들은
아름다운 것을 더 아름답게 기억하는 경향이 있다.

Postcard 33

Harring Cove, Halifax, NS, CANADA, 2019

Peggys Cove, Halifax, NS, CANADA, 2019

Peggys Cove, Halifax, NS, CANADA, 2019

Harring Cove, Halifax, NS, CANADA, 2019

Postcard 34

Halifax, NS, CANADA, 2019

Halifax, NS, CANADA, 2019

Postcard 35

Halifax, NS, CANADA, 2019

Halifax, NS, CANADA, 2019

Postcard 36

Halifax, NS, CANADA, 2019

Halifax, NS, CANADA. 2019

Postcard 37

Withrod Lake, Halifax, NS, CANADA, 2019

Withrod Lake, Halifax, NS, CANADA, 2019

Postcard 38

Halifax, NS, CANADA, 2019

Halifax, NS, CANADA, 2019

Postcard 39

Halifax, NS, CANADA, 2019

Postcard 40

Halifax, NS, CANADA, 2019

Postcard 41

Withrod Lake, Halifax, NS, CANADA, 2019

Withrod Lake, Halifax, NS, CANADA, 2019

Postcard 42

Mahone Bay, NS, CANADA, 2019

Mahone Bay, NS, CANADA, 2019

Postcard 43

Halifax, NS, CANADA, 2019

Halifax, NS, CANADA, 2019

Postcard 44

Thousand Island, ON, CANADA, 2019

Thousand Island, ON, CANADA, 2019

Postcard 45

Cape Breton Island, NS, CANADA, 2019

Postcard 46

Cape Breton Island, NS, CANADA, 2019

Postcard 47

Oakville, ON, CANADA, 2019

Kingston, ON, CANADA, 2019

이천 년 전 아리스토텔레스는 물건이 땅으로 떨어지는 것은 모든 게 제자리에 있는 완벽한 하늘과 달리 땅은 불완전한 세상이기 때문이라고 생각했어. 근대 과학이 중력에 닿은 건 아리스토텔레스의 이 생각(태양, 달, 별은 떨어지지 않는데, 사과는 왜 떨어지는가?)에서 출발했고, 생각에도 특허가 있다면 뉴턴은 아리스토텔레스의 특허를 사용했어.

요즘 최신 휴대폰 하나를 만들려면 특허가 수만 개 필요하다고 하더라. 단풍이 든 이곳 숲에 가면 느티나무도 있고, 단풍나무도 있고, 자작나무도 있고, 상수리나무도 있고, 소나무도 있는 것처럼.

신해철 1집에 수록된 노래 〈슬픈 표정 하지 말아요〉에서 '그대'는 연인이 아니라 노래 속 화자 자신일 거야. '그런 슬픈 표정하지 말아요. 난 포기하지 않아요. 그대도 우리들의 만남에 후회 없겠죠? 어렵고 또 험한 길을 걸어도 나는 그대를 사랑해요!'라는 가사를 곱씹어 보면 내 생각이 맞을 거야.

모터쇼에 나온 자동차는 왜 모두 시동을 꺼 놓았을까? 생각해보았는데, 엔진소리가 조용할수록 더 좋은 차라는 걸 모두 알기 때문인 것 같아. 조용할수록 더 좋은……, 나도 아는데 가끔 잊어버려.

이곳에서 일 년간 지내는 동안의 목표 중에는 몇 년 전 미국 출장 때 들은 한 노래의 제목을 알아내는 것도 있었어. 운전 중에, 음악만 나오는 라디오 프로그램에서 들었던 탓에 그때는 제목을 알 수 없었거든. 이곳에서 매일 라디오를 들으면서 그 노래를 찾으리라 마음을 먹은 첫날에 라디오에서 그 노래가 나왔지 뭐야. 첫 소절을 듣자마자 그 노래임을 바로 알았어.

또 이런 일도 있었어. 국도 여행 중에 우연히 들른 마을을, 반년 후 고속도로 여행 중에 차에 기름이 떨어져 계획에 없이 고속도로를 벗어났다가 또 한 번 들렀어. 마을 입구에 있는 샌드위치 가게에서 좌회전하면 바로 나타나는 카페를 보자마자 그때 그 마을임을 알았지. 달라진 건 카페 건물 옆에 나란히 선 두 그루의 나무에 단풍이 들기 시작한 것뿐이었어.

나무는 단년생이 있고, 다년생이 있어. 단년생은 사계절을 딱 한 번만 보지만, 다년생은 당장은 낙엽이 지고 겨울이어도 다음 봄이 오면 다시 꽃을 피워. 여러 해를 사는 우리가 나무라면 당연히 다년생같지만, 날 포함해 보통의 사람들은 다시 오지 않을 자신의 봄날을 그리워하며 사는 걸 보면 꼭 그렇지도 않은 것 같다. 이런 면에서는 사람은 단년생 나무일지도 모르겠어. 지난 봄에는 이 생각을 많이 했고, 이 생각에 맞는 표현을 많이 떠올려봤는데, 우연히 〈찬실이는 복도 많지〉라는 영화에 다음과 같은 표현이 나온다는 것을 알게 되었어.

"사람도 꽃처럼 다시 돌아오면 얼마나 좋겠습니까?"

두 가지 해석이 가능해. 첫째는 그리운 사람이 다시 돌아오기를 바라는 마음, 둘째는 사람이 다년생 나무처럼 봄마다 다시 자신의 꽃을 피우기를 바라는 마음. 지난봄의 내 생각들은 두 번째 해석에 가까워. 다년생이 어쩌고, 단년생이 어쩌고 복잡하게 생각했는데, 요약하니 내가 꽃을 부러워한 거였네. 얼마나 좋을까? 사람도 꽃처럼 다시 돌아오면 얼마나 좋을까?

쳇!!!

Postcard 48

Withrod Lake, Halifax, NS, CANADA, 2019

Withrod Lake, Halifax, NS, CANADA, 2019

Withrod Lake, Halifax, NS, CANADA, 2019

Withrod Lake, Halifax, NS, CANADA, 2019

Postcard 49

Halifax, NS, CANADA, 2019

Postcard 50

누구나 자신이 이미 가진 것만을 볼 수 있어. 누군가 횃불이 되어 네가 네 안에 있던 사랑을 발견한 것처럼 말이야. 올해도 이곳의 첫눈이 폭설로 왔다. 첫사랑이 그렇지 뭐.

Halifax, NS, CANADA, 2019

Postcard 51

Halifax, NS, CANADA, 2019

Halifax Public Library, NS, CANADA, 2019

Postcard 52

Halifax, NS, CANADA, 2019

Halifax, NS, CANADA, 2019

제임스 조이스는 '상상력은 기억이다.'라고 말했어.
일 년쯤 원 없이 사진만 찍고 살아보니,
그의 말대로 사진은 본 것을 찍는 게 아니라
내가 보고 싶은 것을 찍는 일이더라.

Postcard 53

Halifax, NS, CANADA, 2019

Halifax, NS, CANADA, 2019

Halifax, NS, CANADA, 2019

Halifax, NS, CANADA, 2019

Halifax, NS, CANADA, 2019

Halifax, NS, CANADA, 2019

식사 준비 중에 딴 데 정신을 팔다 자꾸만 냄비를 태워 먹어.

쉽게 사랑한다 말하지 마. 넌 센 불에 수프를 올려 놓고 곧잘 잊어버려. 타는 냄새를 맡고 달려갔을 때는 이미 늦었어. 불을 다룰 때 '까맣게 잊었다'는 '까맣게 탔다'와 같은 말이야. 사람들은 종종 타는 냄새도 맡지 못할 아주 먼 곳에 냄비를 올려놓고 까맣게 잊고 살지. 정말 진심이라면 불 곁을 지켜줘. 그리고 가끔씩 저어줘. "잘 지내죠? 저도요!" 이렇게.

지구는 자전하고 공전하기 때문에 우리도 늘 함께 움직이고 있다고 생각하기 쉽지만, 그렇지 않아. 인간의 전진에는 마음이 있어야 해. (……) 그러니까 영상이 꼭 사진보다 더 실감 나는 건 아냐. 중요한 건 마음이 움직이는 거니까. (……) 열린 문으로 복도까지 커피 향기가 났어. 요즘 누군가와 대화를 하면서 이런 느낌을 받는 일이 잘 없지 않아?

Halifax, NS, CANADA, 2019

Halifax, NS, CANADA, 2019

⟨끝⟩

한 가지에 너무 많은 의미를 부여하면, 블랙홀이 되어 주변 모든 것이 사라지게 된다. 언젠가부터 명욱이 누군가를 생각하면 다른 생각은 아무것도 할 수 없게 된 것처럼 말이다. 다행인 것은 모든 것을 빨아들이기만 하는 블랙홀이 있다면, 이론적으로 다른 한편에는 모든 것을 내보내기만 하는 화이트홀도 있어야 한다. 그 블랙홀과 화이트홀 사이는 웜홀, 즉 벌레 구멍이다. 벌레가 사과 표면의 한쪽에서 다른 쪽으로 이동할 때 이미 파먹은 구멍으로 가면 더 빨리 갈 수 있다는 점에 착안해 지어진 이름이라고 한다. 이를 알았는지 몰랐는지, 그가 캐나다에서 레드 딜리셔스(Red Delicious)를 비롯해, 온갖 품종의 사과를 즐겨 먹었다는 것은 실로 의미심장하다.

다시 돌아올 거야, 너는

엽서, 엽서* 1
- SUSHI

    눈은 몬트리올에도 많았다. 집마다 집 앞에 비닐하우스 주차장이 있었는데, 그 출구가 도로로 곧장 연결되어 있었다. 보도에 쌓인 눈 때문에 차가 차고에서 나오지 못해 겨울에는 꼭 필요한 시설이라고 했다. 시청 도시 계획에는 분명 없을 이 비닐하우스들이 도시 미관을 해치는 건 분명했지만, 이곳에 꼭 필요한 시설인 것도 분명해 보였다.

    그 이색적인 풍경 대신 내가 캐나다에 도착해 처음으로 카메라 셔터를 누른 건 숙소 근처 동네 일식집 앞에서였다. 유리창에 적힌 SUSHI 라는 상호에서, HI라는 마지막 두 글자만이 눈에 들어왔다. 도착 3개월 만에 캐나다가 처음으로 내게 "안녕" 하고 인사를 건네왔다. 나도 "안녕!" 하며 셔터를 눌렀다.

---

* 김경미의 시 〈엽서, 엽서〉에서 인용

엽서, 엽서 2
- 커피 한 잔 마시기가 이렇게 힘들 줄 알았으면

"One blend coffee, please!"
"What?"

또 시작이다. 커피 한 잔 마시기가 이렇게 힘들 줄 알았으면 오지 말 걸 그랬다. 비교적 발음이 쉬운 메뉴도 있지만, 비싸다. 이 도넛 가게에서 블렌드 커피가 1불이고, 나머지 종류의 커피 가격은 모두 그 두 배가 넘는다.

내가 사는 아파트 주차장 전용 출입구를 나서면, 인적이 드문 왕복 이차선 도로를 사이에 두고 캐나다를 대표하는 도넛 가게가 있다. 모든 메뉴의 가격이 다른 곳과 비교해 기본적으로 저렴한데다, 가격만 놓고 보면 이 지역에서 가장 싼 커피를 팔았다. 알파벳 B와 V 구분만이 문제였다.

모국어가 아닌 사람들에게 영어 B와 V를 정확히 구분해 듣기란, 발음하기란 참 어렵다. 도넛 가게와 같이 뻔한 의사소통이 이루어지는 곳에서조차 나와 같은 고객은 주문에 곤란을 겪는다. 결국 이번에도 "블랙커피 한 잔 주세요" 이렇게 표현을 달리해 문제를 해결했다. 여자 종업원이 처음부터 그렇게 말을 하지 하는 표정이다. 나도 유감이기는 마찬가지다. 애초에 블랙커피를 매장 정면 메뉴 보드에 '블렌드 커피'라고 써 놓은 사람들은 바로 그대들 아닌가.

몇 번을 말을 해도 알아듣지 못해 결국 손짓, 몸짓으로 종업원 뒤편 메뉴 보드에 있는 블렌드 커피를 가리켜 주문에 성공한 요전 어느 날, 나는 다시 그 종업원에게로 가 나의 블렌드 커피를 내밀며 물었다.

"이 커피를 마시고 싶으면 다음에는 뭐라고 주문해야 해?"

그녀가 답했다. "블랙커피."

고객이 카드 계산 단말기를 넘겨받아 스스로 결재하는 게, 카드 비밀번호도 꼭 입력해야 하는 게, 한국과는 다르다. 그래도 습관은 무서워 매번 카드를 직원에게 넘겨주려고 손을 뻗고 만다. 습관적으로 블렌드 커피라고 주문을 하는 것처럼 말이다. 커피 한 잔 마시기가 이렇게 힘들 줄 알았으면, 오지 말걸 그랬다.

엽서, 엽서 3
- 오지 말걸 그랬다

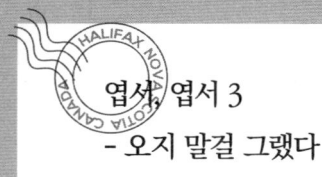

 지난 몇 달간 주거비와 식비 외에도 지출이 제법 있었다. 종일 집에 있는 사람에게 의자가 없으면 앉고 일어서는 일이 말 그대로 일이 된다. 커튼이 없으면 깊은 잠에 들기 힘들고, '이럴 줄 알았으면 오지 말걸 그랬다.'라는 생각을 말 그대로 밤낮없이 하게 된다.

 전등이 없는 밤이 오면 거실에 유일한, 샹들리에도 아니면서 천장 아래로 길게 늘어진, 식탁 전등 곁을 벗어날 수가 없다. 전등 불빛 아래에서 책을 읽다가, 짐을 정리하다가, 그날의 영수증 내역을 살피다가, 뭔가에 생각에 미쳐 벌떡 일어서다 철제 전등 케이스에 머리를 부딪치길 몇 차례, 결국 아파트 매니저에게 아파트를 바꿔 달라고 부탁했다.

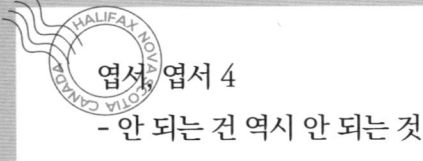

엽서, 엽서 4
- 안 되는 건 역시 안 되는 것

스노우타이어도 있어야 한다. 스노우타이어 없이 주행하기에는 이 도시의 날씨와 도로 사정이 만만치 않고, 무엇보다 이 도시의 모든 차들이 눈이 와도 평상시처럼 달리기 때문에 나 혼자 거북이 주행을 하거나 미끄러졌다가는 큰 사고가 날 수 있어 위험했다. 스노우타이어는 처음 사면 판매처에서 무료로 장착해 주고, 봄에 다시 일반 타이어로 교체할 때는 타이어당 15불씩의 공임이 든다.

새 스노우타이어 네 짝을 장착하고도 운전이 부담스러울 만큼 눈이 내린 날도 많았다. 그런 날에는 꼼짝없이 집에 있어야 한다. 베이글 빵을 우걱우걱 씹으며 거실 창밖으로 얼어붙은 호수에 내리는 눈을 보다 보면 자꾸만 누군가가 그리워진다. 그게 누구일까 자세히 귀 기울여 보면 내 그리움의 대상은 단 한 사람이 아니었다. 지금껏 사랑했던 모든 여자가 한꺼번에 그리웠다고 하면 언뜻 이해가 될려나?

나는 그 이유를 나의 우주가 이미 수축을 시작했기 때문이 아닐까 하고 짐작한다. 우주가 팽창을 멈추고 수축하는 때가 오면, 한 점의 블랙홀처럼, 한 자리를 많은 것들이 함께 쓸 수밖에 없을 것이다. 지금 거실 밖 베란다에 쌓이는 눈처럼 말이다.

　겨우내 눈이 내렸고 영하의 날씨가 계속되어서 우리 집 베란다에는 지난 겨울이 그대로 쌓여 있다. 하지만 아파트를 옮기면 그 모두를 남겨 두고 떠날 수밖에 없다. 문득 내가 이렇게 이사를 떠나려고 이곳에 왔나보다 하는 생각이 든다. 사랑해도 안 되는 건 역시 안 되는 것이다.

엽서, 엽서 5
- 들어갈 때는 공짜지만, 나올 때는 공짜가 아니라네

"김정은은 어떤 사람이야?"
"난 남한에서 왔어. 북한이 아니고."

눈은 내리는데, 눈은 내리는데 견인차는 감감무소식이다. 진입로를 착각해 찻길이 아닌 산책로로 들어선 게 문제였다. 달려온 추진력으로 앞바퀴는 넘었지만, 다행인지 불행인지 뒷바퀴가 연석에 턱 하니 걸려 버렸고, 꽝꽝 얼어붙은 땅에서 차는 계속 헛바퀴를 돌았다. 액셀을 밟을 때마다 지저분한 눈과 흙을 날리며 헛바퀴가 도는 것이 꼭 내 인생 같았다. '아! 눈이 오면 그냥 집에서 베이글이나 먹지, 이 먼 곳까지 뭐하러 왔단 말인가?'

프린스 에드워드 섬은 지내는 도시에서 차로 4시간 정도 떨어진 거리에 있다. 당연한 말 같지만, 육로를 이용해 섬을 오고 가려면 다리를 건너야 하는데, 특이한 건 섬에 들어올 때는 무료이지만 나갈 때는 다리 이용료를 내야 한다. 한국 돈으로 계산하면 6만 원이 넘는 이 돈 때문에 섬에 정착할 사람은 없겠지만, 액수만 보면 정말 힘들게 다리를 건설한 건 틀림없다. '건설 당시에는 세계에서 가장 긴 다리였다'라고 관광안내서에서 본 것도 같다.

지난밤에는 주의 수도인 샬럿타운에서 하루를 묵었다. 저녁에 잠시 차로 둘러본 도시는 겨울잠에 든 것처럼 고요했고, 대부분의 관광지며 식당에는 '6월에 만나자'라는 안내문만이 눈에 띄었다. 오전부터 눈 예보가 있어 아침 일찍 '빨간 머리 앤'이 살던 저 유명한 초록 지붕 집만 보고 돌아가려고 했는데, 내 치밀한 계획이 진입단계부터 헛바퀴를 돌았다. "부우 웅"하고 눈처럼 흰 연기를 뿜으면서 말이다.

다행인 건 이곳이 빨간 머리 앤의 섬이라는 사실이다. 주민들은 무뚝뚝해 보여도 도움이 필요한 순간에는 반드시 친절한 그들의 속내를 보여준다. 어떤 착오로 농장 일을 도울 사내아이 대신 온 수다쟁이 빨간 머리 고아 소녀를 그들의 가족으로 품어준, 초록색 지붕 집의 마릴라, 매슈 남매처럼 말이다.

차에서 내려 뒷바퀴를 툭툭 차고 있자니 회색 승용차 한 대가 내 앞에 섰다. 타고 있는 차를 왜소하게 보이게 할 만큼 건장한 체격의 남자가 차창을 내려 무슨 일인지를 물었고, 곧장 차에서 내렸다. 내 차의 상태를 살피고는, "두 차 사이를 줄로 이어 끌어본 후에 그래도 안 되면 견인차를 불러야 해."라고 말했다. 그가 자신의 차와 내 차를 줄로 잇는 동안, 나는 끊임없이 차를 멈춰 도움이 필요한지를 묻는 운전자들에게 사정을 설명하며 괜찮다는 답을 해야 했다. 픽업 트럭 짐칸에 흰 눈을 잔뜩 실은 한 할아버지가 주에서 진입로를 헷갈리게 만들어 종종 이런 일이 있다며, 견인 비용을 국가에 청구를 하라는 농담을 던지고 떠났다.

"역시 견인해야 할 것 같아. 견인차 회사 전화번호 알아?" 장갑에 묻은 눈을 툭툭 털며 묻는 남자에게 나는 조용히 고개를 저었다. 캐나다에서 직접 사람을 부르는 서비스는 엄청나게 비싸다고 들었는데……, 설마 백만 원이 넘지는 않겠지? 내가 이런 생각에 빠져있는 동안, 그가 어딘가에 전화를 걸어 견인차 회사 전화번호를 찾게 했고, 그렇게 전달받은 번호로 다시 전화를 걸어 누군가와 통화했다.

"견인차가 오려면 30분 정도 걸릴 거야." 비로소 정신이 든 나는 그에게 고맙다고 했다. 빨간 머리 앤 집을 보러왔다는 내 말에 "초록 지붕 집은 겨울에 문을 열지 않아. 일본에서 왔어?" 하며 호기심을 보였다. 대한민국에서 왔다는 나의 대답에, 여름이면 일본 관광객들이 이곳에 많이들 온다는 말로 앞선 질문을 서둘러 정리하고, 뉴스에서 봤다며 도대체 김정은이 어떤 사람이냐고 물었다. 나는 북한이 아닌 남한에서 왔다고 답했다. "그건 알아, 하지만 두 나라가 가깝지 않아?" 하고 그가 재차 물었다.

그래, 가깝기는 하지. 전방에서 군 생활을 한 친구들에게서 들은, 사실 나는 그다지 믿지 않는, 몇 가지 근사한 군 생활 에피소드와 주로 뉴스에서 접한 북한의 현실에 대해 들려주자 그는 몹시 흥미로워

하며, 때로는 안타까워하며 서툰 나의 영어에 더욱 귀를 기울였다.

지난 두 달간 이렇게 누군가와 대화다운 대화를 한 것이 처음이다. 우리의 머리와 어깨를 땅인 줄 알고 내린 눈들을 한 번씩 털어가며 우리는 대화를 이어나갔다. "내 이름은 명욱이야. 난 일 년을 여행할 목적으로 캐나다에 왔어. 돈을 버는 직업은 따로 있지만, 휴직을 했어. 난 아마추어 사진작가이고, 엽서 사진을 주로 찍어." "난 제프야. 이 섬에서 감자 농장을 운영해. 너처럼 일 년씩 다른 곳에서 살아본 적은 없지만, 언젠가 TV에서 본 큰 궁궐이 있는 중국의 한 도시는 꼭 한번 가보고 싶어." "한국에도 궁궐은 있어. 중국처럼 크지는 않지만." "맞아, 중국은 인구가 많아서, 궁궐도 커야 할 거야." 제프는 이 섬에서 사진에 담기 좋은 장소 몇 군데를 소개해 주었다. 나는 그의 말을 다 알아듣진 못했다. 빨간, 빨간 하며 열심히 무언가의 색을 표현하고 있다는 것만 이해했을 뿐이다.

그리고도 쉴 새 없이 눈이 내렸다. 후드티 모자를 펼쳐 쓴 나와 달리, 그냥 눈을 맞고 있는 그가 신경 쓰여 공연히 도로 쪽 사정을 살피기를 몇 차례, 마침내 그 방향에서 견인차 한 대가 나타났다. 견인차 기사가 문제를 해결하는 데 5분이 채 걸리지 않았다. 견인 비용도 딱히 신경 쓰일 만큼은 아니었다.

제프의 안내로 빨간 머리 앤의 집 외부만을 간단히 둘러보고, 간단한 인사를 한 후에 우리는 각자의 차를 타고 그곳을 떠났다. 앞서 달리는 그의 차와 뒤를 따르던 내 차는 몇 번의 갈림길에서도 헤어지지 않고 나란히 달렸지만, 어느 길에서는 결국 헤어지고 말았다. 점점 더 멀어지는, 작아지는 저 친절한 남자에게 다음 여름에 이 섬에 오면 점심을 사겠다 말하고 싶었지만, 괜한 부담을 주는 게 아닌가 싶어 망설이다 결국 아무 말도 못 하고 헤어지고 말았다.

폭설 때문인지, 섬을 빠져나오는 데만 두 시간이 넘게 걸렸다. 스쿨버스가 정차하면 도로 양편의 차들도 반드시 정차해야 하는데, 깜빡 그냥 지나쳐버렸더니 스쿨버스가 "빠앙" 하고 경적을 길게 울렸다. "미안!"

섬과 육지를 잇는 다리에 도착했고, 30분 정도를 더 달려 섬에서 완전히 빠져나왔다. 다리 끝에서 비로소 만난 톨게이트에서 신용카드로 다리 이용료를 지불했다.

섬을 빠져나오자마자 눈이 그쳤고, 차들이 고속도로에서 제 속도를 내기 시작했다. "사랑도 들어갈 때는 공짜지만, 나올 때는 공짜가 아니라네. 그 값이 무려, 무려, 나의 한숨이라네." 아무렇게나 지어 만든 가사에 아무렇게나 곡을 붙인, 콧노래가 절로 나왔다.

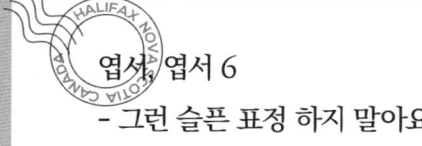

엽서, 엽서 6
- 그런 슬픈 표정 하지 말아요

"점심 뭐 먹을까?"
"점심은 됐고, 아침이나 한 번 더 먹자."

부쩍 혼잣말이 늘었다. 사람이 생각하는 갈대인지는 모르겠지만, 사회적 동물인 건 확실하다. 일상에서 말동무가 없어, 나는 멀리 한국에 있는 친구들에게 전화를 걸기 시작했다. 인터넷 전화를 쓰면 전화비가 무료여서 비용은 부담이 없었는데, 체면은 좀 서지 않는다. 화성에라도 가는 것처럼 긴 이별을 말했는데, 한국에서보다 더 연락을 자주 했으니까 말이다.

내가 있는 이 도시의 이름은 캐나다 노바스코샤 주의 주도인 핼리팩스이다. 이곳에 와서 처음 읽은 책이 〈폭풍의 언덕〉이었는데, 책 뒤에 붙은 약력에서 저자가 핼리팩스에서 학생들을 가르쳤다는 글을 읽고 "뭐? 에밀리 브론테가 캐나다 사람이었다고?" 혼자 놀라고는, 얼른 인터넷을 검색해 "음, 영국에도 같은 지명의 도시가 있었네." 혼자서 진정했다. 맞장구쳐 줄 사람이 없으니 혼잣말이 늘 수밖에.

핼리팩스는 유람선 '타이태닉호'가 빙하에 부딪혀 좌초되었을 때, 구조본부가 설치된 곳이다. 에단 호크와 샐리 호킨스가 출연한 영화 〈내 사랑〉의 실제 주인공인 화가 '모드 루이스'의 고향도 가까워 이곳 주립미술관 가면 그녀의 작품을 모아 둔 특별관이 있다. 빨간 머리 앤의 고향이다. 한국전쟁 캐나다 파병 군인들이 집결한 항구이다. 최근에 리모델링을 한 중앙도서관 4층에 한국전쟁 참전용사 명부가 있다. 캐나다 최초의 교회도 이곳에 있다. 백 년쯤 전 이곳에서, 당시 기준으로 역사상 가장 큰 폭발사고가 있었을 때, 가장 먼저 도움을 준 미국 보스턴 시에 크리스마스트리 나무 한 그루를 매년 보낸다고 한다. 자동차 판매점에서 새 차와 중고차를 함께 판다. 중앙선은 있지만, 차가 없으면 언제든 좌회전을 할 수 있다. 신호등이 없어, 사거리에서는 도착한 순서대로 출발한다. 이 순서를 어기면 정차한 자동차들이 일제히 "빵" 하고 경적을 울린다. 회전식 교차로에서는 교차로에 먼저 진입한 차가 우선이다. 교차로 밖이라면 무조건 기다려야 하고, 교차로 안의 주행 흐름에 빈틈이 보이면 주저 없이 진입해야 한다. 한국 식료품점이 세 곳 있고, 한국 음식점은 그보다는 더 많다.

여기까지가 지난 두 달간 내가 살고 있는 이 도시에 대해서 알게 된 사실들이다. 아, 더 있다. 정통 몬트리올 베이글 빵집이 두 곳 있다. 한국의 친구들에게 이곳 생활에 대해 말한 것 중 이곳 베이글이 맛있다는 건 사실이다. 반죽을 뜨거운 물에 삶고, 다시 화덕에 굽는 방식의 몬트리올 베이글은 속은 촉촉하고, 겉은 바삭하다.

봄에도 이틀에 한 번은 눈이 오는 것 같다. 그래도 봄이라고 금방 녹기는 한다.

이곳 눈은 모래처럼 건조해서 잘 뭉쳐지지 않는다. 이사 전 아파트 베란다에 쌓인 눈에 밀가루를 반죽하듯 물을 부어 눈사람을 만들었는데, 막상 만들고 나니 얼음조각이 되어 이사 나가는 날까지도 녹지를 않았다.

다민족 국가인 이곳 헬스장에 가면 마치 내가 올림픽에 출전한 느낌이 든다. 국가를 대표하는 마음으로 하루 운동을 열심히 하고 일주일 이상 쉬는 날이 많았다.

아프면 안 된다. 이곳에 도착하고 심한 배앓이를 한 적이 있다. 계속되는 구토에 어지럼증을 느껴 결국 병원을 찾았는데, 감기라며 타이레놀과 멀미약을 처방했다. "장염 아닌가요?" 하고 물으니 의사는 "장염도 감기입니다."라고 대답했다. 처방전이 필요 없는 약들이어서 동네 마트에서 두 종류의 약을 사다 먹었다. 병원비랑 약값을 합쳐 십만 원쯤 나온 것 같다. 아프면 안 된다. 의료보험 없이 맹장 수술이라도 하면 병원비가 몇백만 원이 나온다고 한다. 앰뷸런스를 부른다면, 병원까지 가는 데만 백만 원이 넘는다고 한다. 아프면 안 된다.

시간이 너무 많을 것 같지만 실은 그렇지도 않다. 식사 준비 세 번에 하루가 금방 갔다. 식재료를 사기 위해 이 마트, 저 마트에 가다 보면 금세 오후가 되고, 금세 저녁이 된다. 어두워지면 외출을 할 수 없다. 무엇보다 인적이 드문 이국의 밤길이 무섭다. 이곳 사람들도 무서운지 밤이 오면 모두가 집으로 오고, 얼른 전등을 끄고 잠자리에 든다. 그만큼 다음 날 아침에는 일찍 일어난다. 주택가 조망의 새 아파트에서 몇 주 동안 창밖을 관찰한 결론이다. 집들이 다 똑같이 생긴 것 같지만, 최근에 지붕을 수리한 집들은 지붕 색깔이 다르다. 태양은 내가 거실 창을 통해 밖을 보는 기준으로, 이 아파트 오른쪽에서 떠서 왼쪽으로 진다.

한국과 정확히 12시간 차이 나는 시차 덕에, 한국의 아침 라디오를 같은 시간의 저녁에, 한국의 새벽 라디오를 같은 시간의 오후에 들을 수 있다. 아직 오지 않은 내일의 한국 라디오를 오늘 이곳에서 들으며 이런저런 책을 읽고 있자면, '이건 한국에서도 할 수 있는데' 하는 마음이 절로 든다.

이곳 사람들 일 처리 정말 느리다. 한 번은 유튜브로 음악을 재생하는데 '5주 후에 음악이 시작된다.'라는 자막이 나왔다. 실제로는 '5초 후'를 잘못 읽은 거였지만 중요한 건 내가 그 5주를 기다릴 준비를 했다는 거다.

요즘 전인권 2집에 수록된 〈새로운 달빛〉이란 노래를 자주 듣는다. 예전에 많이 듣던 곡인데 새삼 '기차여행 창밖으로 달이 보일 때'라는 가사가 너무 좋았다. 그 때문인지 요즘 창밖을 보는 시간이 많아졌는데, 보다 보니 또 알게 된 게 까마귀는 접영, 갈매기는 평형으로 난다.

신해철 노래도 많이 듣는다. 신해철 1집에 수록된 노래 〈슬픈 표정

하지 말아요〉를 듣다가, 따라부르다가 문득, 노래 속 '그대'는 연인이 아니라 노래 속 화자 자신이 아닐까 하는 생각이 들었다. '그런 슬픈 표정 하지 말아요. 난 포기하지 않아요. 그대도 우리들의 만남에 후회 없겠죠? 어렵고 또 험한 길을 걸어도 나는 그대를 사랑해요!'라는 가사를 곱씹어 보니, 확실히 내 생각이 맞는 것 같다.

지난밤 유난히 일찍 잠자리에 들어서인지, 오늘은 유난히 일찍 잠에서 깨었다. 커튼을 걷자 아직 핼리팩스에 해가 뜨지 않았다. "몇 시야?" 혼잣말로 묻고, "응, 아직 밤이야." 혼잣말로 답을 했다.

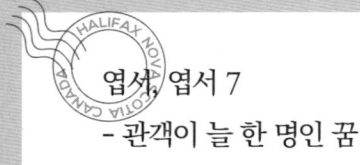

엽서, 엽서 7
- 관객이 늘 한 명인 꿈

이건 분명 꿈이라는 걸, 꿈 안에서 깨달았다. 버스는 절대 롤러코스터 레일 위를 달릴 수 없다. 꿈인 걸 들켰으니 그만 버스를 세우라는 내 말에도 기사는 요지부동이다.

꿈은 그날의 기억을 정리하고 남은 먼지로 만들어진다. 매일 같은 하루가 반복되다 보니 딱히 이야기를 만들 소재가 없는지, 뇌가 요즘 이런 무리수를 종종 둔다. 무의식 단계에서 인간의 뇌는 시간의 흐름을 인식하지 못하는 것 같다. 요즘 꾸는 꿈들을 보면 그런 생각이 든다. 이전 직장의 직원들이 휴직 중인 지금 직장의 직원들과 한데 어울려 있었는데, 꿈에서는 하나도 이상해 보이지 않았다. 지금은 이상해 보인다. 버스는 절대 롤러코스터 레일 위를 달릴 수 없다.

꿈 안에서 꿈인 걸 아는 건, 흔한 기회는 아니어서 내 꿈속의 풍경을 자세히 관찰했다. 제작비 지원을 충분히 받지 못한 영화처럼 많은 것들이 어색했다. 버스가 달리는 데 창밖 풍경에 변화가 없다. 버스 안인데도 바람에 머리카락이 날렸고, 이 큰 버스에 승객이 오직

나 뿐이다. 꿈 같은 현실에서는 그럴 수 있지만, 현실 같은 꿈에서는 그래서는 안 된다. 관객이 늘 한 명인 꿈이라 투자사의 입장도 이해는 되지만, 그런 상황이라면 차라리 이런 종류의 이야기는 피해야 하는 게 아닐까 싶다.

어쩌면 오래 전 한 꿈에 너무 많은 투자비를 써서인지도 모르겠다.

핵전쟁이 났는데, 피난 행군에서 또래의 한 여학생을 만난 꿈이었다. 도시 사람들의 긴 피난 행군에 끼어 밤새 걸으며 우리는 끊임없이 대화를 나눴다. 지금 생각해보니, 기차에서 만난 두 남녀가 계획에 없이 오스트리아 빈에 내려 하루를 보내는 어떤 영화와 비슷하다. 내 꿈이 그 영화와 달랐던 점은 그 꿈을 깨운 거대한 핵폭발로 후속편이 나올 여지조차 사라져 버렸다는 것이다. 핵폭발의 순간 나는 그녀와 수줍게 입을 맞추었다. 꿈, 현실 통틀어 내 인생에서 첫 입맞춤이었다. 그만큼 큰 스케일의 꿈이었다.

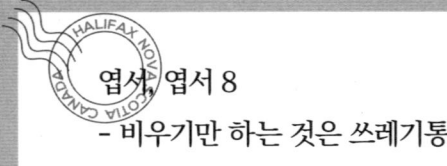

엽서, 엽서 8
- 비우기만 하는 것은 쓰레기통

꿈에서 벌어지는 어떤 재판에 관한 상상을 한 적 있다. 그 재판은 그날 하루의 기억 중에 무엇을 기억할지를 결정하는 것이었다. 뭐든지 잊어버려야 한다는 검사와 뭐든지 기억해야 한다는 변호사가 끝없는 공방을 이어갔다. 합의가 되지 않으니 계속해서 보류 판정이 났다. 보류 판정이 나면 해당 건은 말 그대로 운명에 맡겨지는데, 나는 필기 시험장에서는 주로 검사를 원망했고, 이런저런 잡생각으로 잠이 오지 않는 밤에는 변호사를 원망했다. 드물지만 판사가 나서서 직권으로 결정하는 때도 있다. 그 결정으로 나는 누군가를 내 기억 속에서 완전히 지웠는데, 꿈속에서는 가끔 등장하기도 했다. 변론 과정에서 흥분한 변호사가 법정에서 그녀의 이름을 언급했기 때문이다. 재판 중이라고 해도 이는 명백한 위법이므로 그때마다 속기록에서 삭제되고 꿈에서 깨면 아무것도 기억나지 않았다.

지금은 꿈에서조차 기억하고 싶지 않다. 이제 나는 뭐든 잊어버려야 한다는 검사의 편이다. 변호사가 뭐라고 하든지 간에 나는 검사 편에 서서 편향적인 재판을 진행할 생각이다. 문득 내가 이렇게 다 잊겠다고 이곳에 왔다는 생각이 들었다. 그래서 꿈에서조차 달이 따라오지 못하도록, 이 버스가 롤러코스터를 타는 것이다. 잊은 자리에 새롭고 유쾌한 기억들을 채우는 게 더 중요하다. 비우기만 하는 것은 쓰레기통이다.

  맞다. 나는 이러려고 이곳에 왔다. 이곳 베이글은 정말 맛있지만, 그 베이글을 먹자고 이곳에 온 것은 아니었다. 꿈에서 깨어났을 때 이 결심을 잊어버리지 않도록, 나는 같은 생각을 계속해서 되풀이한다. 맞다. 나는 이러려고 이곳에 왔다. 이곳 베이글은 정말 맛있지만, 그 베이글을 먹자고 이곳에 온 것은 아니다.

.

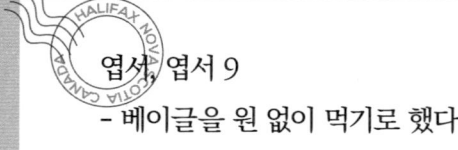

엽서, 엽서 9
- 베이글을 원 없이 먹기로 했다

    몬트리올에 도착했다. 얼마 전 이곳 베이글이 맛있다고 중얼거리며 잠에서 깬 일이 있었다. 내가 이제 꿈에서도 베이글을 찾는다. "이곳 베이글은 정말 맛있지만, 그 베이글을 먹자고 이곳에 온 것이다." 이렇게 말이다. 몬트리올에 가 몬트리올 베이글을 원 없이 먹기로 했다. 여행 계획을 세우니 갑자기 신이 났다.

엽서, 엽서 10
- 고백 한번 못하고 떠나보낸 풍경

    이틀을 운전하는 내내 캐나다의 고속도로 풍경에 온 시선을 뺏겼다. 운전대에 두 손이 붙잡혀 있지만 않다면 카메라에 담고 싶은 풍경이 너무도 많았다. 나는 당장에 아름답다고 해서 무턱대고 사진을 찍지 않는다. 시간을 두고 마음에 피사체에 대한 어떤 구체적인 상이 생길 때를 기다려 사진을 찍는다. 이런 작업법은 사진 한 장 한 장의 완성도를 높인다는 장점이 있지만, 어쩌면 일생일대의 기회를 매번 눈앞에서 놓친다는 단점도 크다. 지금 내 두 눈에 가득한, 계속해서 스쳐만 가는 이 풍경들처럼 말이다.

    다른 이야기지만 내 마음만 보다가 고백 한번 못하고 떠나보낸 사랑이 얼마나 많았던가.

엽서, 엽서 11
- 외국어로 말을 하면 내가 할 수 있는 말만 하게 된다

　외국어로 말을 하면 내가 하고 싶은 말이 아니라 내가 할 수 있는 말만 하게 된다. 내가 지금껏 먹어 본 초밥 중 최고였다는 인사치레만 해도 그랬다. 현재완료에 최상급을 더한 영어 문법 표현을 한번 연습해 본 것인데, 오히려 가게 사장님이 지금껏 들은 농담 중에서 가장 재미있다는 듯 웃는다.

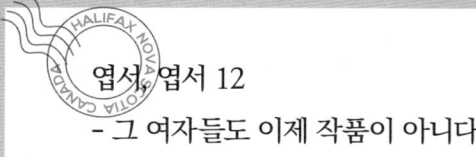

엽서, 엽서 12
- 그 여자들도 이제 작품이 아니다

　내가 기대한 캐나다에서의 일상은 매일 미술관에서 좋아하는 작품 앞에서 온종일 앉아있는 것이었는데, 핼리팩스가 아니라 몬트리올에 정착했어야 했나 하는 생각도 잠깐 들었다. 몬트리올 미술관은 며칠에 걸쳐 봐야 할 만큼 소장 작품이 많았다.

　큐레이터분이 유창한 불어로 관람객들에게 작품설명을 하고 있었다. 좋은 그림만큼 좋은 설명이라는 듯 나도 한 번씩 고개를 끄덕였다. 미술관 5층 창밖으로 멀리 한 건물의 외벽을 가득 채운 큰 벽화가 보였는데, 그것도 이 미술관의 전시작품인지가 문득 궁금했지만 묻지는 않았다. 작품에 손대지 마시오! 미술관 안내문처럼 손이 닿지 않는 것은 작품이 아니다. 손댈 수 없는 것, 강렬한 촉감의 유혹에도 절대 손댈 수 없는 것, 그것만이 작품이다. 그러니까 이제 더는 내 손이 닿지 않는 먼 시간과 공간에 있는 한때의 작품들, 그 모든 여자들도 이제 작품이 아니다.

엽서, 엽서 13
- 안 하던 일상에서의 비교와 고려

    노트르담 성당 매표소 직원분은 성당 직원은 아닌 듯 속세의 스트레스가 많아 보였다. 한 사람이 겨우 앉을 매표소가 좁아 보이긴 했다. 대도시에 온 것이 실감이 났다. 역시 핼리팩스에 정착하길 역시 잘했다.

    저녁 시간에 성당에서 레이저쇼가 있는데 그 표도 함께 살 거냐는 말에 잠깐 망설이다, "아니!" 하고 유창한 불어로 답을 했다. 예전 일본 여행에서의 경험까지 더하면, 이로써 나는 4개 국어를 쓰지는 못하지만 4개 국어를 사용한 적은 있는 사람이다. 한국의 친구들에게 말할 거리가 생겨서인지 혼자서 신이 났다.

    시내 한국 식료품점에 들러 장을 보았다. 듣던 대로 같은 물건도 핼리팩스보다 조금은 저렴했다. 주마다 세금이 다르고, 주요 소비재 수입국인 중국과 가까운 서부에서 멀어질수록 더해지는 물류비용 때문이라고 한다. 차나 집을 사는 건 아니어서 사실 큰 차이는 아니지만, 온 김에 장을 다 보았다. 트렁크의 짐 때문에 차가 무거워져 차의 연비가 낮아지면 그 돈이 그 돈인 건 아닌지 모르겠다. 수입이 없다 보니 전에 안 하던 일상에서의 비교와 고려가 많아졌다.

 엽서 14
- 올림픽 개최도시를 모두 방문한 사람 중 한 명

  몬트리올은 지난 세기에 올림픽을 개최한 도시이다. 대학 시절 밴쿠버에서 어학연수를 했고, 작년 캐나다 록키 여행 때 캘거리에도 갔었기 때문에 이로써 나는 캐나다 올림픽 개최도시를 모두 방문한 사람 중 한 명이 되었다. 내 기록이 특이한 건 개최순서 역순으로 세 도시를 방문했다는 것이다.

  몬트리올에도 올림픽주경기장 인근에 선수촌이 있고, 서울처럼 지금은 아파트로 쓰이고 있다. 외관만으로도 충분히 인상 깊은 건물이었지만 운전 중이라 감탄만 하고, 사진에 담지는 못했다.

엽서, 엽서 15
- 비영어권 사람들의 은유법

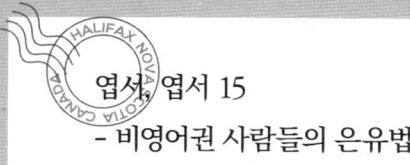

 '겨울왕국'이라고 불리는 저 유명한 몬트리올 지하 쇼핑몰은 시간이 없어 가지 못했다. 몬트리올 여행의 마지막 일정으로 대신 역시 유명한 몬트리올 베이글 가게에 들렀다.

 내가 들고 있는 흰색의, 한국에서만 생산되는 색상의, 카메라가 신기했는지 베이글 가게의 매니저가 먼저 말을 걸어왔다. 그는 내가 한국에서 이곳으로 곧장 왔다고 잘못 이해했지만, 굳이 바로잡지는 않았다. 그는 매장 직원들에게 한국에서 온 몬트리올 베이글 팬으로 날 소개하고, 몬트리올 베이글 생산 공정을 직접 소개해 주었다. '베이글 투어'라고 해서 관광객들에게도 공개되는 일정이지만, 그날은 특별히 나만을 위한 투어를 진행해주었다.

 주의사항은 딱 두 가지였다. 바닥에 밀가루나 설탕 같은 것들이 많아 미끄러지는 것을 주의하고, 생산 중인 베이글에는 절대 손을 대서는 안 된다는 것. 미술관에서 그림을 보듯 주의하겠다는 내 말에 매니저가 박장대소했음은 물론이다. 영어권 사람들은 비영어권 사람들의 은유법 사용을 좋아한다. 이곳에서 몬트리올 베이글은 작품이다.

베이글은 기계로 빚은 밀가루 반죽을 사람이 손으로 일일이 베이글 모양을 만들어 1차로 뜨거운 물에 삶고, 2차로 화덕에 굽는다. 이런 과정으로 속은 촉촉하고 겉은 바삭한 몬트리올 베이글이 되는 것이다. 밀가루 반죽에는 꿀을 넣는다고 한다. 심심하면서도 계속해서 손이 가는 맛의 비결이 이 꿀이었나보다. 생산 규모가 생각보다 커서 서른 명 남짓한 사람들이 밀가루 반죽을 떼어 둥글둥글 베이글을 만들고, 뜨거운 물에 잠시 넣었다가 꺼내고, 화덕에 굽는 일을 바쁘게 수행하고 있었다. 화덕에서 빵을 꺼내는 장면을 사진을 담고 싶었는데, 화덕의 불이 생각보다 너무 밝아 역광이 되고 말았다.

영어라고 해도 매니저가 열심히 설명해주는 내용을 다 알아듣지는 못했다. 그가 특별히 한국에서 온 한 남자에게 몬트리올 베이글의 모든 비법을 다 말해준다고 해도 나는 알아듣지 못할 것이다. 꿀이 담긴 사랑이라도 누군가 그 사랑을 알아보지 못하면 아무 소용이 없는 것처럼 말이다.

기본 베이글만 두 봉지, 나머지는 종류별로 한 봉지씩 베이글을 구매해서 차에 실었다. 나는 인물사진은 찍지 않지만, 계산대에 있는 두 여성의 표정이 너무 밝아 사진으로 남기고 싶다는 생각이 순간 들었지만, 아무래도 역광이 날 것 같아 말았다.

가게를 나서자 진눈깨비 같은 눈이 내리고 있었다. 양손 가득한 베이글 봉지들을 차에 싣고, 운전석으로 돌아와 차에 시동을 걸었다.

운전석 창밖으로, 멀리 뜬 달이라고 생각하고 정면으로 바라본 태양 때문에 두 눈이 잔뜩 부셨다.

엽서, 엽서 16
- 도서관의 평화로움과 번잡한 내 마음을 바꾸곤 했다

쇼핑몰 공중전화기 사진을 찍고 있으니 지나는 사람들이 자꾸 쳐다본다. 카메라를 들면 사람들의 시선을 끄는 건 어쩔 수 없다. 뭘 찍냐고? 그리움을 찍는다.

지금도 단짝인, 중학생 시절 친구들과 헤어져 혼자만 다른 고등학교에 배정되었을 때, 대학 진학을 위해 그 친구들과 또 한 번 헤어져 혼자 서울에 왔을 때 나는 한동안 내 발등만 보고 걸었다. 신발은 외로움이다. 모든 사진에 제목이 있는 건 아니다. 내 모든 시선과 경험에 제목이 있는 건 아니기 때문이다. 가끔 찍은 사진을 분류하다가 '오! 내가 '사랑'을 찍었네', 깨닫기도 한다.

얼음이 녹은 집 앞 호수의 풍경이 너무 평화로워서, 아침마다 책과 스피커를 챙겨 들고 호수에서 시간을 보내려고 했는데, 모기처럼 사람을 무는 날벌레가 많아서 포기했다. 햇빛이 순한 아침에 카메라를 들고 호수를 한 바퀴 도는 걸로 만족했다. 이 도시에는 호수가 많아서인지 호수 하나 정도는 늘 나 혼자서 돈다.

오전은 집에서 가장 가까운 도서관에서 주로 보낸다. 한국에서 가져온 책들을 다 읽어 한국의 지인에게 부탁해서 책을 몇 권 받았다. 한국에서 가져온 짐 대부분이 옷인데, 막상 와서는 이곳에서 산 후드티와 청바지만 입는다. 이럴 줄 알았으면 책을 더 가져올 걸 그랬다.

오전에는 주로 장을 보고, 생활에 필요한 일들을 주로 한다. 인터넷으로 주변 도시에 대한 정보를 찾고, 다음번 여행 계획을 세우는 일 같은 것들 말이다. 틈날 때마다 핼리팩스 주변의 작은 도시들을 방문하고 있다. 부활절에는 루넨버그를 다녀왔다. 포도밭이 울창한 울프빌과 공기 맑은 켄터빌에도 다녀왔다. 대체로 차로 한 시간 정도 걸리는 작은 도시들이다. 지난주에는 영국 리버풀 축구팀의 유럽 챔피언스리그 우승을 기념해, 차로 두 시간 정도 떨어진, 같은 이름의 도시를 다녀온 적도 있다.

하루 날을 잡아 이곳에서 내가 주로 가는 곳의 사진을 찍어 한 편의 영상을 만들었다. 영상의 시작 부분과 끝부분에 같은 사진을 배치하고, 제목을 '무위도식'이라고 정했다. 같은 날이 계속된다는 걸 표현한 것인데 영상을 본 친구들이 하나같이 부럽다고만 한다.

오후에는 집에서 가장 가까운 도서관에서 주로 보낸다. 책을 읽다가 한 번씩 고개를 들어 도서관 안팎의 평화로움과 쓸데없이 번잡한 내 마음을 바꾸곤 했다.

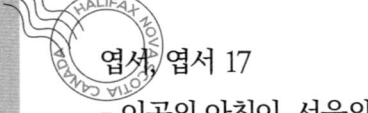

엽서, 엽서 17
- 이곳의 아침이, 서울의 언제나, 어딘가

"굴뚝의 역할이 뭔지 알아?"
"보고 싶은 마음이 굴뚝입니다."

이전 아파트는 남향이라 집에서도 선글라스를 썼다. 남향집은 달빛도 환한지, 한밤중에 눈을 떠보면 거실이 대낮처럼 환할 때가 많았다. 창틀에 막힌 달빛만이 바닥에 가 닿지 못했다. 달빛이 거실 바닥에 실물 크기의 창 모양을 그리는 비법이다. 지금 아파트는 북향이라 해가 드는 시간이 짧고 집안이 쌀쌀해 늘 슬리퍼를 신는다. 그래도 거실 창으로 바라보는 동네 풍경이 근사해 이사한 것을 후회하지는 않는다.

매일 집 베란다에서 동네 풍경 사진을 찍지만, 여전히 이곳의 사계절을 관통할 일관된 구도는 찾지 못했다. 같은 구도로 매일 사진을 찍어 이곳에서의 시간 변화를 담을 계획이다. 어떤 준비에 시간이 더해지면 쉽게 따라잡을 수 없는 품격 같은 것이 깃들게 된다. 사진뿐 아니라 모든 게 그렇다. 바다나 산, 들과 같은 것들만 봐도 알 수 있지만,

그런 것들은 내가 들인 정성이 아니어서, 이를테면 나는 내가 만든 바다 사진을 찍고 싶은 것이다.

나는 인물 사진을 찍지는 않지만, 오랜 세월 부부로 지낸 이들의 평화로운 얼굴은 서로에게 들인 오랜 정성 같다는 생각을 한 적은 있다.

저녁에는 낮에 찍은 사진을 정리하고, TV를 보거나 한국에서 걸려온 전화를 받기도 한다. 출근하기 싫다는 친구들 전화가 대부분이다. 나는 돈을 벌고 싶다고 응수한다. 어느 정도는 진심인데 친구들은 모두 백 퍼센트 농담이라고 생각한 반응들 일색이다. 일몰 무렵 거실에서 내다 본 구름이, 지표면의 바다 안개와 합쳐져 거대한 고래 모양을 만들었다. 옆집 남자가 베란다를 청소하다가 빗자루를 든 채로 그 풍경을 한참이나 바라본다. 한 남자가 멀리 지표면 위로 솟구친 고래를 보는 비현실적인 풍경을 카메라에 담는다. 고래는 꿈이다.

이른 아침에는 전날 찍은 사진을 정리하면서 한국의 라디오 프로그램을 듣는다. 진행자는 바뀌어도 항상 "오늘 하루도 수고하셨습니다."라는 인사말로 프로그램을 여는데, 이 같은 시차는 이 지구에서는 언제나 어딘가에서 아침이 시작되고 있다는 다나카와 슌타로의 〈아침 릴레이〉라는 시를 생각나게 한다. 이곳의 아침이 말하자면 서울의 '언제나, 어딘가'인 것이다.

오늘 아침은 안개가 동네를 뒤덮어 거실에서 일출을 보지 못했다.

가로등의 불이 꺼지기 전에 동네 곳곳을 누비며 안개 속에서 언뜻언뜻 스치는 풍경들을 부지런히 카메라에 담았다. 집 앞 도넛 가게에 주차된 차들 사진을 여러 장 찍었다. 카메라 뷰파인더에서는 정말 근사한, 어떤 화가의 그림 속 색감을 생각나게 하는, 이 사진들이 엽서 크기로 확대되었을 때는 어떻게 보일지 궁금했다. 안개는 궁금함이다.

최근에 동네의 집마다 굴뚝이 있다는 것을 발견했다. 집마다 벽난로가 있는 것은 아닐 텐데, 하는 생각으로 그림 그리는 후배와 안부를 나누면서 "굴뚝의 역할이 정확히 뭔지 알아?" 하고 물었더니, "보고 싶은 마음이 굴뚝입니다."라고 답을 했다. 굴뚝도 그리움이다.

엽서, 엽서 18
- 퀘벡이 이겼네, 여름에 다시 올게

"카메라 멋진데?"

누군가 말을 걸어 돌아보니, 푸른색 운동복을 입은 한 남자가 나를 보고 웃고 있었다.

"고마워." 나도 웃으며 짧게 인사를 했다.

"퀘벡은 처음이야?"

"두 번째. 넌?"

"난 퀘벡이 고향이야. 지금은 토론토에서 학생들을 가르쳐. 학회가 있어서 퀘벡에 왔어. 넌 어디서 왔어?"

"난 아마추어 사진작가이고, 한국에서 왔어. 캐나다를 일 년간 여행할 계획이야."

"어쩐지 네 카메라가 특별해 보였어. 내 이름은 매튜야. 영어로는 마태오라고 발음해."

"마태오? 예수님의 제자 이름과 같은데. 한국에서는 네 이름을 마태라고 불러."

"마태?"

"응, 마태. 참, 내 이름은 명욱이야."

"명욱 만나서 반가워. 캐나다 어디를 여행했어?"

"지금은 핼리팩스에 살고 있어. 지난 1월에 왔고, 틈날 때마다 캐나다와 미국 동부를 여행할 계획이야. 기회가 되면 이곳에도 한 번더 오고 싶어."

"퀘벡시티는 여름에 와야 해. 지금도 그렇지만, 퀘벡은 여름이 정말로 아름다워."

"그거 알아? 캐나다 사람들은 다들 자기 지역은 여름에 와야 한다고 해."

"그래? 캐나다는 너무 넓어서 다들 자기 지역만 알아. 여름에 퀘벡을 와 봤다면 그들도 네게 퀘벡을 먼저 보고, 다음으로 자기 동네에 오라고 할 거야."

"퀘벡이 이겼네. 반드시 여름에 다시 올게."

"만나서 반가웠어."

"만나서 반가웠어, 즐거운 하루 되길."

퀘벡 역사지구가 한국의 한 드라마 속 배경이 된 이후로 많은 한국의 관광객이 이곳을 찾는다. 기념품 가게의 점원이 내게 한국에서 왔냐 물으며, 묻지도 않은 그 드라마 촬영장소를 곧장 알려주었다.

불어로는 매튜, 영어로는 마태오, 우리말 이름은 마태와 나는 올드 퀘벡 이곳저곳에서 헤어지고 만나기를 반복했다. 캐나다에서 가장 넓은 주이자 두 번째로 인구수가 많은 퀘벡에서 말이다. 두 번째 만났을 때는 우리는 서로의 직업에 대해, 세 번째는 서로의 취미에 대해 대화를 나눴다. 달리기를 좋아하는 그에게 나도 마라톤 하프 코스를 완주한 적이 있다고 하자 무척 즐거워하며 여름의 퀘벡에서 달리기 좋은 곳을 관광 지도까지 펼쳐두고 설명해주었다. 마지막으로 헤어질 때 그에게 함께 사진을 찍을 것을 제안했는데, 내 카메라의 셀카 기능을 몰라 결국 그의 독사진만을 찍어야 했다. 그는 흔쾌히 퀘벡의 한 거리를 배경으로 멋진 마라토너 자세를 취해주었다.

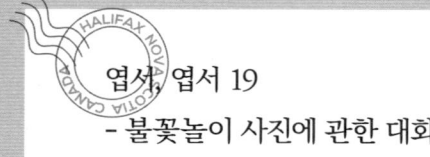
엽서, 엽서 19
- 불꽃놀이 사진에 관한 대화

오타와에서는 불꽃놀이 사진을 찍으러 온 사람들과 사진에 관한 대화를 나눴다. 불꽃놀이는 카메라 셔터를 길게는 30초 가까이 열고 찍기 때문에 사진이 흔들리지 않으려면 반드시 삼각대가 필요하다. 불꽃놀이 시작 전에는 각자가 원하는 자리에 삼각대를 놓기 위해 불꽃이 튀었다면, 촬영 후에는 각자 카메라에 담은 불꽃을 자랑하며 재차 대화의 불꽃을 피웠다. 나는 불꽃놀이 촬영이 처음이라 제대로 초점이 맞은 사진은 한두 장밖에 없었다. 카메라 뷰파인더로 내가 찍은 사진들을 들여다보며 한 여자분이 미리 알았으면 자신만의 요령을 설명해줄 수 있었을 텐데 하며 무척 아쉬워했다. 그래도 초점이 맞은 한두 장이 정말 근사하다며 칭찬도 잊지 않았다. 그녀의 말대로 초점이 맞은 한두 장의 사진은 근사했고, 무엇보다 공통 관심사를 대화의 가운데에 두고 사람들과 이야기를 주고받는 것은 한국에서도 결코 흔한 일이 아니어서 나는 무척이나 즐거웠다.

엽서 20

- 오타와! 토론토와 몬트리올의 중간

　다음 날 오타와에서 주차위반 딱지를 받았다. 연방 국회의사당 근처에 운 좋게 주차 자리가 하나 남았다 좋아했는데, 소화전 앞이었던 거다. 모처럼 대도시의 밤거리를 걸으며 부풀었던 마음이 주차위반 딱지 한쪽 모서리에 찔려 슉, 하고 바람이 빠져나갔다. 최근에 본 영화에서 주차할 때마다 쓰레기통으로 집 앞 소화전을 덮던 남자가 생각났다.

　도심을 가로지르는 강의 물살이 거세고, 흙탕물의 수위가 넘칠 듯 아슬아슬해 보였다. 자연스레 지난 몬트리올 여행 때 폭설로 집마다 지붕 높이까지 쌓인 눈이 기억났다. 그 눈이 녹아 수해라도 난 것일까? 실연한 남자가 수도꼭지를 잠그지 않아 물난리가 난 집을 정리하면서, "사람이 울면 휴지 몇 장으로 해결이 되지만, 집이 울면 휴지만으로는 해결이 되지 않는다", 혼잣말을 하던 한 홍콩영화 속 대사도 떠올랐다.

　서울의 한 미술관 앞 알을 품은 초대형 거미 조형물과 똑같은 작품으로 입구를 장식한 오타와 국립미술관을 둘러보는 것을 마지막 일정으로 캐나다 수도를 빠져나왔다.
　오타와를 수도로 정한 건 이곳이 영국령인 토론토와 프랑스령인 몬트리올의 중간에 있기 때문이라고 한다.

　두 번째 캐나다 고속도로 여행을 마치고 아파트의 문을 여는데, '퀘벡이 나에게 오지 않기 때문에 내가 퀘벡에 왔다.'라는 말이 문득 떠올랐다. 어디서 들었나 곰곰이 생각해보아도 딱히 떠오르지 않는다. 아무래도 내가 한 말 같다.
　사람의 기억에도 수도가 있다면 나와 그들의 추억 각각의 수도는 어디쯤일까? 알 수 없지만, 그곳이 어디건 오타와의 일요일 아침처럼 평화로웠으면, 퀘벡의 여름처럼 아름다웠으면 좋겠다.
　거실 한가운데에서 여행 가방을 풀며 더는 나에게 오지 않아서 내가 가야 하는 곳들의 목록을 떠올려 보았다.

엽서, 엽서 21
- 가장 넓고, 높은 하늘

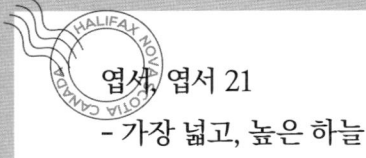

여름의 시작은 사진에서부터였다.

6월 말부터 사진 속 빛이 비현실적일 만큼 짙어져 집에서 매일 찍는 일출, 일몰 사진의 깊이가 전과는 확연히 달라졌다. 색 표현도 다채로워져 하루는 해질녘의 하늘이 보라색이었다면, 다음 날은 먼바다의 푸른색으로 물들었다. 사람의 눈과 달리, 카메라는 대기의 색온도 그대로를 담기 때문에 가능한 일이었다. 베란다에 서서 바라보면, 동네의 주택들이 만든 지평선 위 모든 것이 하늘이었다. 지금껏 만난 하늘 중 가장 넓고, 높은 하늘이었다.

얼마 전까지 여행 기간을 반 년으로 줄이고 한국으로 돌아가는 것을 제법 진지하게 고민했었는데, 남기로 한 나의 결정은 탁월한 판단이었노라, 이국의 하늘 사진을 받아본 한국의 친구들은 하나같이 입을 모았다. 자기들은 돈이 안 드니까 그렇게 이야기하는 게 틀림없지만, 경제적 부담을 안고 봐도 사실 친구들의 말이 모두 옳았다. 경제적 부담은 있지만, 더는 경제적 부담을 생각하지 않기로 한 나는 캐나다 동부 생활의 2막을 이렇게 열었다.

"귀국하면 다시 부모님 집에서 지내기로 했어."

엽서, 엽서 22
- 더 자주 와야지 마음을 먹을 수밖에 없다

 가장 먼저 루넨버그가 눈부신 여름옷으로 갈아입었다. 빛이 좋아 뭘 찍어도 마음에 들었다. 지난봄에는 벤치 한쪽 가장자리에 앉은 채 잠든 한 여자분, 그리고 봄바람을 한쪽 돛에 잔뜩 머금은 채 달리는 요트 사진이 좋았다면, 여름에는 거리의 카페 사진이 좋았다. 원색의 건물들 사이에서 흰색 카페 건물이 유난히 돋보였는데, 커피를 사이에 두고 앉은 사람들의 여유 있는 표정들이 흰색에 빛을 보탠 것 같았다. 유네스코 문화유산에도 등재된 유서 깊은 이 작은 어촌마을의 여름을 보기 위해 이 나라를, 이 주를 찾는 사람들이 많다. 서울에서는 조금 긴 출근길 거리밖에 되지 않는 이곳을, 올 때마다 더 자주 와야지 매번 마음은 먹지만 막상 마음만큼 오지는 못한다. 그래도 루넨버그를 떠날 때면 다음에는 더 자주 와야지 마음을 먹을 수밖에 없다.

엽서, 엽서 23
- 이곳의 햇살에는 사람을 즐겁게 하는 무언가가 있다

   이곳의 여름에는 사람을 즐겁게 하는 무언가가 있다. 모든 이의 얼굴에서 웃음이 떠나지 않는다. 낮이 길어지면서 사람들의 얼굴에 미소가 머무는 시간도 함께 길어졌기 때문에 나는 그 무엇이 이곳의 햇살에 있음을 쉽게 짐작할 수 있었다.

   햇살이 실어 오는 그것이 우주 저 너머의 무엇인지, 아니면 이곳 대기층의 무엇인지는 알 수 없지만, 나는 그 무엇에 사랑과 같은 힘이 있음을 깨달았다. 언젠가 사랑이 나에게 준 힘을 느꼈기 때문이다. 내가 지금처럼 늘 웃고, 세상 모든 것에 너그러웠던 때가 있었다. 그래서인지 한 후배가 여행한 도시에 대해 물었는데, 나는 사랑에 대해 답을 했다.

   "딕비라고, 영화 〈내 사랑〉에서 샐리 호킨스가 연기한 화가 모드 루이스의 고향이야. 이곳에는 고래를 볼 수 있는 곳이 제법 많은데 난 모드 루이스의 바다를 헤엄치는 고래를 선택했어. 나 같은 사람들을 위해 운행하는 배를 타고 먼 바다로 나갔지. 카메라 셔터스피드를 빨리하고, 연속촬영 모드에 움직이는 피사체에 맞는 자동포커스를 설정하고 만난 고래는 생각보다 느렸어. 옆에 있는 누군가에게 고래가 느리지 않냐 물었더니 돌고래를 생각했냐고 묻더라. 하긴 내가 고래라도 서두를 이유가 없지. 애인 고래가 멀어져 갈 때? 쫓아가 붙잡는 것이 멀어진 마음도 아닌데, 내가 왜?"

엽서, 엽서 24
- 물에 완전히 잠기면 바위들은 또 무슨 생각에 잠기려나

　호프웰록스(Hopewell Rocks)가 있는 펀디만은 세계에서 조수간만의 차가 가장 큰 곳이다. 공원 입장권을 한번 사면 이틀간 유효해서 물이 들어왔을 때와 나갔을 때를 다 볼 수 있는데, 난 당일 일정으로 방문해서 물이 나갔을 때만을 보았다. 내가 돌아간 뒤 몇 시간이 지나면 내가 걸었던 곳에 16미터가 넘는 바닷물이 들어온다고 한다. 산처럼 큰 저 호프웰록스 바위들이 물에 완전히 잠기면 바위들은 또 무슨 생각에 잠기려나 돌아가는 차 안에서 나 혼자 웃는다.

　부모님은 아무리 멋진 풍경이라도 함께 감탄하고 그 순간을 함께 나눌 사람 하나 없이 식사조차 혼자 하는 여행이 무슨 재미냐고 걱정하셨지만, 카메라만 있으면 '함께'라는 의미는 달라진다. 당장은 혼자지만, 이 순간을 사진으로 공유할 다른 시간대의 내가 있기 때문이다. 많지는 않지만, 나의 새로운 엽서 사진을 기다리는 사람들도 있다. 좋은 글이 당대를 넘어 여러 세대의 독자를 만나듯 나는 이 순간을 다가올 미래의 나와 '함께' 나눌 예정이다. 지금은 미처 발견하지 못한 이 순간의 의미와 아름다움을 종종 훗날의 내가 발견하기도 한다. 그래서인지 혼자라는 생각은 들지 않는다.

엽서, 엽서 25
- 사랑은 확실히 과한 처방

핼리팩스 연날리기 행사에서 내가 가입한 지역 온라인 사진동호회에 촬영을 허락해 주었다. 행사명이 가슴에 큼지막하게 적힌 티셔츠도 한 장 받았다.

촬영 전에 연날리기를 유심히 보았는데 줄을 중간에 두고 연과 씨름하는 것이 마치 낚시 같았다. 붉은색 하트 기호 모양의 연을 높이 띄우기 위해 바람의 결에 따라 연실을 풀었다, 감기를 반복하는 한 남자를, 사랑을 두고 누군가와 밀고 당기기를 하는 느낌으로 카메라에 담았다.

이날 동호회 회원들이 뽑은 최고의 순간으로, 행사 요원 몇 명이 거대한 원 모양의 연을 여러 번 실패 끝에 마침내 하늘에 띄우는 순간을 포착한 내 사진이 선정되었다. 사실 나는 이 사진보다, 등 뒤로 자신들의 연 하나를 띄워 둔 채 언덕 위에 서 있는 두 남녀의 사진이 더 마음에 있었다. 의도한 것은 아니었지만, 사랑이 꼭 두 사람 사이에 있을 필요는 없지, 하는 느낌이 사진에 담겨 근사했다.

"사랑은 확실히 과한 처방인 경우가 많아. 만병통치약이라고 해서 모든 걸 사랑으로 해결하려고 하면 내성이 생겨서, 정작 사랑이 필요한 순간에 더 많은 사랑을 요구하게 돼. 사랑으로도 해결할 수 없는 지경이 되기도 하고. 우리 둘 사이에 있는 이 사랑이 자전을 계속해서 지금 내가 보고 있는 사랑을 너도 함께 보았으면 좋겠다."

꼭 듣고 싶은데, 말하는 사람이 없어서 언젠가 내가 한 말이다. 말은 했지만, 실천은 정말로 어려운 말이다. 이곳 여름 햇살 아래를 걷는 지금의 나라면 말처럼 쉽게 실천할 수도 있을 것 같다.

엽서, 엽서 26
- 그 빨강이 정말로 예쁘다, 이쁘다

소설 〈빨강 머리 앤(Anne of Green Gables)〉에서 앤의 머리 색깔은 작품의 배경이 되는 프린스 에드워드 섬의 토양 색깔에서 온 것 같다. 어린 시절에 본 만화 주제가에서는 '주근깨 빼빼 마른 빨강 머리 앤. 예쁘지는 않지만 사랑스러워' 이렇게 묘사되었지만, 실제로 만나보니 그 빨강이 정말로 예쁘다. 빨간 머리 앤처럼 사랑스럽고 예쁜 프린스 에드워드의 여름을 카메라에 담으며, 언젠가 누구 때문에 '예쁘다'와 '이쁘다' 중 무엇이 맞는 표현인지를 사전에서 찾아본 기억이 났다.

엽서, 엽서 27
- 사람의 마음에도 이처럼 넓은 노는 땅

　사진동호회 온라인 지인의 추천으로 한 농장에 다녀왔다. 일 년에 한두 번 사진을 좋아하는 사람들에게 농장을 개방하고, 연날리기 행사처럼 촬영 사진을 공유받는다고 했다. 캐나다 서부에서 살다가 고향으로 다시 돌아왔다는 내 또래의 농장 주인이 검정소의 등을 천천히 쓰다듬는 사진이 근사해서, 그에게 선물하기로 했다.

　농장 옆에 나무 펜스를 두른 넓은 풀밭이 있어 물었더니, 자연에서는 동물들이 풀이 있는 곳으로 이동을 하지만 사람의 농장에서는 그럴 수 없으니까 방목지 옆에 노는 땅을 둔다고 한다. 그 땅에서 자라는 풀로 건초를 만들어 가축들의 겨울 먹이로 쓴다고 했다. 사람의 마음에도 이처럼 넓은 노는 땅이 있으면 좋겠네, 하는 생각이 절로 들었다.

엽서, 엽서 28
- 세상에서 가장 아름다운 드라이브 길

    8월에 계획 중인 미국 여행까지 포함하면, 7월, 8월 두 달 동안 족히 한 달을 집을 비운다. 집을 비워도 내야 하는 아파트 월세를 생각하면 무척 안타까운 일이지만, 그러거나 말거나 이곳의 여름 햇살은 나를 끊임없이 어디론가로 떠나게 했다. 북미권에서는 세상에서 가장 아름다운 드라이브 길로 유명한 케이프 브레튼 섬의 일주도로를 이틀에 걸쳐 차로 달리며 나는 이런 생각을 했다.

    "뭐야, 강원도랑 똑같잖아?"

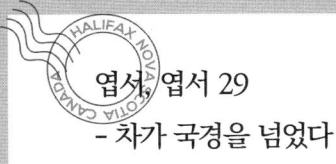

엽서, 엽서 29
- 차가 국경을 넘었다

"방울토마토 한 봉지가 차에 있어요."
"캐나다 농산물은 국경을 넘을 수 없습니다. 토마토는 미국이 더 맛있거든요."

몇 달 전 캐나다 입국 때 다른 사람으로 오인당한 경험 때문인지, 차로 미국 국경을 넘을 때는 살짝 긴장도 되었다. 세관에서 차에 둔 방울토마토 한 봉지를 압수당한 것 외에는 별일은 없었다. 오히려 미국의 토마토가 더 맛있다는 세관 직원의 농담 때문에 환대받는 느낌이 들었다. 차가 국경을 넘었다.

엽서, 엽서 30
- 다른 나라에서

보름간의 미국 여행을 앞두고 헤밍웨이 소설집 〈여자 없는 남자들〉을 읽었다. 한 일본인 소설가가 같은 이름의 소설집을 낸 적이 있고, 한 한국인 감독도 이 소설집에 수록된 작품 〈다른 나라에서〉와 같은 이름의 영화를 만든 적이 있다. 이번 미국 북동부 여행의 이름을 '다른 나라에서'로 정했다. 미리 밝히지만, 이 이름은 헤밍웨이 단편소설에서 왔다.

캐나다와 달리 미국은 고속도로 통행료가 있다. 지체되는 구간도 제법 많다. 고속도로 풍경도 같은 듯 다르고, 뒤에서 빵빵거리는 차도 많다. 다른 나라에 온 것이다.

엽서, 엽서 31
 - 영화 속 배경과 다른 계절

    매사추세츠 주 맨체스터 바이 더 씨(Manchester by the Sea)는 같은 이름의 영화 속 배경과 다른 계절에 방문해 도시에서 전혀 영화를 느끼지 못했다. 영화 후반부 두 사람이 만나기 직전 남자가 들른 식료품 가게 앞은 영화 속 전경과 느낌이 달랐고, 마침내 두 사람이 만난 식료품 가게 옆 계단은 실제로는 큰길 건너여서 방문 전 계획대로 두 곳을 같은 사진에 담지는 못했다.

    도시를 빠져나오며 만난 맨체스터 바이 더 북(Manchester by the Book)이라는 이름의 서점 때문에 웃음이 나왔다.

엽서, 엽서 32
- 엘리베이터가 7층에 닿을 때까지

 또 하루를 꼬박 운전해 피곤했던지 워싱턴 숙소 1층에서 만난 한 남자분이 "봉쥬르!" 하고 인사를 하는데 나도 모르게 "봉쥬르!" 하고 답을 했다. 엘리베이터가 7층에 닿을 때까지 이분이 나에게 계속 불어로 말을 걸었다.

엽서, 엽서 33
- 워싱턴에 머무는 이틀 동안 짝을 맞춘 풍경들

　워싱턴에 머무는 이틀 동안 짝을 맞춘 풍경들이 눈에 계속 들어와, 그런 느낌의 장소들을 주로 카메라에 담았다. 영화 〈박물관이 살아있다〉에 나온 자연사 박물관은 뉴욕에 있지만, 워싱턴은 입장료가 무료라서 이곳의 자연사 박물관을 찾았다. 박물관 앞에 줄지어 주차된 곳에 운 좋게 자리가 하나 있어 그곳에 차를 대었다. 오타와에서의 일이 생각나 소화전 앞은 아닌지 유심히 주변을 살피다 보니, 긴 박물관 건물과 긴 주차 풍경이 묘하게 짝이 맞아, 아예 건물 건너편 큰길을 건너가 마음에 둔 풍경을 카메라에 담았다.

엽서, 엽서 34
- 필라델피아는 필라델피아 미술관

　필라델피아는 필라델피아 미술관 때문에 갔는데 '월요일 휴관'이다.

엽서, 엽서 35
- 사람과 자동차의 물결이 신호등 색깔과 상관없이

　뉴욕 맨해튼에 들어가는 톨게이트 직원이 어디서 왔냐고 묻더니 "안녕하세요!" 하고 한국말로 인사를 건넨다. 뉴욕은 관광객에 불친절하고 개방된 화장실이 잘 없다고 들었는데 일단 하나는 틀렸다.

　호텔에 차를 주차한 뒤 곧장 뉴욕의 거리로 나갔다. "와!" 하는 탄성이 저절로 입 밖으로 나왔다. 걷기만 하는데도 엄청난 도시의 에너지가 느껴졌다. 사람과 자동차의 물결이 신호등 색깔과 상관없이, 빈틈만 보이면 자기 흐름대로 나아갔다. 나도 거기에 동참해 흐르다 보니 도시의 에너지가 나에게로 흘러들어와 전에 없이 신이 났다.
　나날이 늙어가는 사람과 달리, 이 도시는 끊임없이 자신의 젊음을 재생하는 것 같다. 시간이 끊임없이 자신을 현재로 재생하듯 말이다. 그래서 이 도시의 중심가가 타임스퀘어인가 보다.

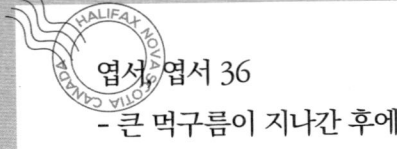

엽서, 엽서 36
- 큰 먹구름이 지나간 후에

몬트리올 베이글만큼 맛있다는 뉴욕 베이글은, 호텔 조식으로 나오는 베이글의 맛만으로도 충분히 확인되어서 따로 유명한 베이글 가게를 찾지는 않았다.

하루는 저녁에 타임스퀘어 사진을 찍으러 가는 길에, 하늘에서 먹구름이 지나가는 것을 보고 호텔까지 뛰어서 돌아왔다. 저런 모양의 큰 먹구름이 지나간 후에 곧장 소나기가 내리는 것을 캐나다에서 경험한 적이 있다. 나도 나지만, 카메라가 비에 젖으면 곤란했다. 숨을 헐떡이며 호텔 로비에 도착하자, 이내 뉴욕의 밤하늘에서 굵은 빗방울이 쏟아져 내리기 시작했다.

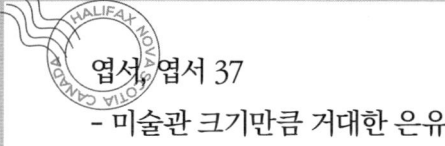

엽서, 엽서 37
- 미술관 크기만큼 거대한 은유

 뉴욕 메트로폴리탄 미술관은 소장 작품이 너무 방대해서 방문 시간이 한나절 정도라면 차라리 몇몇 작품만 보고 오는 게 좋을 것 같다. 이 미술관이 독특했던 건 미술관과 관람객 규모에 비해 턱없이 화장실 수가 적었다는 거다. 방문한 당일에는 화장실을 찾느라 불평만 했는데, 다음 날 다시 생각해보니 메트가 화장실을 많이 안 만든 건 이 미술관 크기만큼 거대한 은유가 아닐까? 이 또한 작품이 아닐까? 하는 생각이 들었다.
 작품 제목으로는 '현실에서의 예술 공간만큼, 예술에서의 현실 공간 고민' 정도가 좋을 것 같다.

엽서 38
- 영화 속 카메라의 시선이 닿지 않은 곳까지

뉴욕 메츠팀의 홈경기장에서 뒷자리에 앉은 세 명의 남자들과 신나게 하이파이브를 하면서 오늘부터 뉴욕 메츠의 팬이 되기로 마음먹었다.

뉴욕의 코니아일랜드에서는 마치 내가 영화 〈원더 휠(Wonder Wheel)〉 속에 들어온 것 같았다. 영화 속 카메라의 시선이 닿았던 곳, 닿지 않은 곳까지 열심히 걸어 다녔다. 오후인데도 빛이 순해서 해변의 놀이공원을 달리는 롤러코스터를 연속촬영으로 카메라에 담았다. 카메라의 셔터스피드를 달리해서 회전목마를 멈추게도 하고, 사진 속에서 영원히 돌게도 했다.

드라마 〈프·렌·즈〉에 나오는 아파트를 보고 왔는데, 며칠 뒤 뉴욕 사진집을 보다 그 건물이 〈프·렌·즈〉 아파트가 아니란 걸 알게 되었다.

엽서, 엽서 39
- 흐르는 시간 속에서 유일하게 정지된 때

뉴욕에서 내가 방문한 건물 중에는 5번가 뉴욕중앙도서관이 가장 마음에 들었다. 헤어지는 것이 못내 아쉬워 여행 마지막 날 오후 도서관 폐장 시간에 한 번 더 들렀는데, 폐장 안내에 따라 열람실을 나서는 인파 사이 텅 빈 좌석에 앉아 입을 맞추는 연인의 모습이 인상적이었다. 셔터스피드를 3초 정도쯤 해서 이 순간을 포착할 수 있다면, 끊임없이 움직이는 발레리나들의 흐르는 시간 속에서 유일하게 정지된 채 이들을 또렷이 응시하는 안무가를 담은 에른스트 하스(Ernst Hass)의 한 사진과 비슷한 느낌일 것 같다.

대신 도서관 밖에서 직원이 도서관의 문을 밖에서 닫는 순간을 카메라에 담았다.

엽서, 엽서 40
- 엠파이어 스테이트 빌딩에서 내려다 본 뉴욕

  여행 마지막 날 방문한 엠파이어 스테이트 빌딩은 뉴욕에서 처음 본 무료 와이파이 건물이었다. 〈러브 어페어〉, 〈시애틀의 잠 못 이루는 밤〉과 같은 약속이 혹시라도 어긋나는 일이 없도록 하는 세심한 배려가 아닐까 생각했지만, 묻지는 않았다.

  엠파이어 스테이트 빌딩에서 내려다본 뉴욕은, 엠파이어 스테이트 빌딩이 보이지 않아, 뉴욕 같지 않았다.

엽서, 엽서 41
- 하버드 대학은 홍대

　뉴욕을 빠져나와 보스턴 가는 길에 들른 하버드 대학은 홍대같더라. 주차할 곳이 없다.

엽서, 엽서 42
- 메인 주 뱅고어(Bangor) 하늘에 뜬 보름달

미국 여행의 마지막 날에는, 메인 주 뱅고어(Bangor) 하늘에 뜬 보름달 사진을 카메라에 담았다.

별과 달리 달은, 특히 보름달은 사진에 담기 쉽다. 보름달을 찍는 가장 쉬운 요령은 조리개 값을 F11에 두고 ISO 감도와 셔터스피드 값을 맞추는 거다. 예를 들어, ISO를 800으로 했다면 셔터스피드는 1/800초로 설정하고, ISO를 1,600으로 했다면 셔터스피드를 1/1,600초로 하는 것이다. 오래전 누군가 지상의 빛이 밝으면 달 사진을 찍기 어렵다 해서, 당시 그 사람만 보면 환해지던 내 맘을 알고서 하는 말인가 좋아했는데, 지금 생각해보니 암것도 모르고 하는 말이었다.

차가 다시 국경을 넘었다.

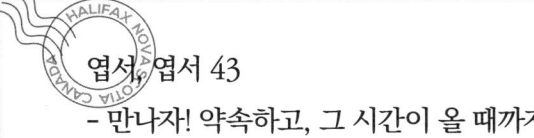

엽서, 엽서 43
- 만나자! 약속하고, 그 시간이 올 때까지

여행에서 가장 오랫동안 머무는 곳은 길이다. 목적지와 목적지 간의 거리가 멀면 그렇게 될 수밖에 없다. 체코 태생, 프랑스 국적의 한 작가는 자신의 한 소설에서, 목적지만 남고 길이 사라지는 현대인의 바쁜 삶에 대해 유감을 표현한 적이 있다. 나는 그의 학파를 자처할 만큼 모든 세상사에 대한 그의 생각들을 좋아하지만, 이 점에 있어서는 조금 다른 입장이다. 내 생각은 이렇다.

목적지만 남고, 길이 사라진 세태에는 길에도 책임이 있다. 길이 좋은데 누가 목적지에 닿는 것을 서두를 것인가? 길에도 당연히 책임이 있다. 이번 여름에 내가 만난 길들은 정말로 근사했고, 그 모든 길에서 나는 행복했다. 아파트 주차장 문이 열리고, 길의 끝에 닿는 순간 내가 가장 아쉬웠던 것은 더는 가야 할 목적지가 없어서가 아니라, 이제는 내가 이 길을 떠나야 한다는 사실이었다.

언젠가 누군가를 잊기로 결심하고 집으로 돌아가던 길에 당시의 내가 정확히 깨닫지 못했던 내 슬픔의 진짜 이유도, 그녀를 더는 볼 수 없어서가 아니라 그녀를 만나러 가는 길이 내 삶의 지도에서 영원히 사라진 것 때문이었다. 당시 그녀에게 달빛 가장 밝은 날에 대해 말한 적은 없지만, 실은 그랬다. 우리 만나자! 약속하고, 그 시간이, 그 시간이 올 때까지, 그때까지가 실은 제일 환했다.

엽서, 엽서 44
- 다시 보니 러브레터

　여행지 한곳에서 원숭이 간판의 옷가게와 바나나 간판의 음반 가게 사진을 각각 찍었다. 집에 돌아와 여행 때 찍은 사진들을 정리하다 떠올려 보니, 음반 가게가 옷가게 바로 길 건너편에 있었다. 그때는 몰랐는데, 다시 보니 러브레터였다.

엽서, 엽서 45
- 가난한 내가 아름다운 나타샤를 사랑해서

가난한 내가
아름다운 나타샤를 사랑해서
오늘밤은 푹푹 눈이 나린다

나타샤를 사랑은 하고
눈은 폭폭 날리고
나는 혼자 쓸쓸히 앉어 소주를 마신다
소주를 마시며 생각한다
나타샤와 나는
눈이 푹푹 쌓이는 밤 흰 당나귀 타고
산골로 가자 출출이 우는 깊은 산골로 가 마가리에 살자

눈은 푹푹 나리고
나는 나타샤를 생각하고
나타샤가 아니 올 리 없다

언제 벌써 내 속에 고조곤히 와 이야기한다
산골로 가는 것은 세상한테 지는 것이 아니다
세상 같은 건 더러워 버리는 것이다

눈이 푹푹 나리고
아름다운 나타샤는 나를 사랑하고
어데서 흰 당나귀도 오늘밤이 좋아서 응앙응앙 울 것이다*

  십오 년 만에 이곳을 다시 방문한 허리케인 때문에 도시 전체가 정전되었다. 베이글과 생수를 비축하고, 욕조에 물도 한가득 받아두는 등 정전과 단수에 대비는 했지만, 심심함에 대한 대비가 부족했다. 잘 시간은 아직 멀었고, 바람은 쌩쌩 불고, 나는 혼자 쓸쓸히 앉아 베이글을 먹는다.
  베이글을 먹으며 생각한다.

---

* 백석, 〈나와 나타샤와 흰 당나귀〉 전문

엽서, 엽서 46
- 여름에는 나무와 나무 사이에 집이 있다

　봄날 거실 창으로 내려다본 동네는 집과 집 사이에 나무가 있었는데, 여름에는 나무와 나무 사이에 집이 있다. 울창해진 잎 때문에 나무의 덩치가 커져 그런 것이다. 어떤 사이에 있는 나무가 이만큼이나 커지면 서로가 잘 보이지 않을 것 같다. 다행히도 이 도시에는 사람과 하늘 사이를 가리는 큰 나무가 없다. 네모반듯 깨끗한 화판 같은 이곳 하늘에 그린 오늘의 작품은 비바람 쌩쌩 불고 깜깜한 동네 풍경화다.

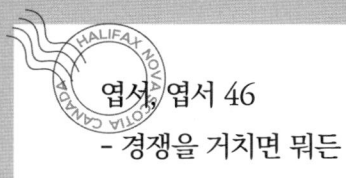

엽서, 엽서 46
- 경쟁을 거치면 뭐든

   두 달 동안 사진을 1만 장 이상 찍었다. 한국에서라면 5년은 걸릴 일이었다. 그 사진들을 정리하느라 한동안 직장인처럼 생활했다. 늘 그랬듯, 내 맘대로 사진의 종류를 크게 세 가지로 분류하고, 그 중 두 종류의 사진만을 골라 다시 같은 기준으로 선택하고 줄여가는 과정을 여러 번 반복해 최종적으로 남은 몇 장의 사진은, 확실히 근사했다. 경쟁을 싫어하는 나에게는 미안하지만, 경쟁을 거치면 뭐든 좋아지기 마련이다. 바람이 경쟁적으로 아파트 창틀을 흔든다.

엽서, 엽서 47
- 또 어떨 때는 가을이 더 잘 보였다

사진을 찍기 좋은, 빛이 순한 시간이 있다. 그 시간은 이른 아침이나 해질녘처럼 빛이 드물어 오히려 빛이 더 잘 보이는 시간이라고 바꿔 설명할 수도 있다. 9월은 여름의 해질녘이자 가을의 이른 아침이어서 해가 있는 방향에 따라 어떨 때는 여름이, 또 어떨 때는 가을이 더 잘 보였다.

유년 시절 도토리처럼 비슷한 동네 집 중에서 유독 한 소녀의 집이 잘 보였던 것도 그 시절 해가 뜬 위치 때문이었나보다. 오페라 〈카르멘〉에서 집시 여인 카르멘이 근위병 돈 호세를 겨냥해 던진 장미꽃처럼, 한 소년이 그 집 앞을 지날 때마다 햇살이 환하게 그 집을 비추었던 거다.

엽서, 엽서 48
- 짧게 자른 내 앞머리카락을 향해, "후우" 하고 바람을

    대서양을 접한 이곳 날씨가 내 고향과 비슷하다는 여행사 직원의 말에, 일 년을 지낼 곳으로 이곳을 냉큼 결정했던 것이 새삼 떠올랐다. 그 소녀의 집이 여기서도 보일까, 거실 창으로 내려다본 동네는 블랙홀처럼 깜깜했다. 블랙홀은 중력이 강해 빛조차 빠져나오지 못해 붙여진 이름이라는 것, 이렇게 깜깜하면 동네에서 별 사진도 찍겠다 하는 생각, 별처럼 멀리서 빛나는 한 집의 전경이 태풍 같은 속도로 내 머릿속을 스쳐 지나갔다.

    고등학교 입학을 앞둔 어느 날, 누군가 마치 생일 케이크 앞에 선 것처럼, 짧게 자른 내 앞 머리카락을 향해, "후우" 하고 바람을 불었다.

    어쩌면 선후가 바뀌었는지도 모르겠다. 아름다운 사람을 사랑한 경험으로 내가 또 다른 세상의 아름다움을 찾아다니게 된 것이 아니라, 아름다움을 사랑하는 내가 아름다운 사람을 사랑한 것이다. 선후가 바뀐 것을 알았다면, 세상의 모든 아름다움이 지금 빛이 깃든

이곳에만 있는 것이 아니라는 것을 알았다면, 그때의 나의 사랑도 그렇게 쓸쓸하지 않았을 것이다. 그랬다면 나타샤에게도 좋았을 일이다. 나는 무엇보다 그 점이 아쉽다.

여행 때 매번 지나는 고속도로 한곳의 방품림이 너무 근사해서, 지난 미국 여름 때는 작정하고 갓길에 차를 세워 그 풍경을 카메라에 담았는데, 막상 사진은 마음에 들지 않았다. 지나치면서 본 풍경과 멈춰서 본 풍경이 달랐다. 알베르트 아인슈타인은 소년 시절부터 빛의 속도로 본 우주는 어떤 모습일까를 궁금해하다 저 빛나는 특수상대성이론을 완성했다. 지금 저 태풍의 속도로 본 이 도시는 어떤 모습일까?

엽서, 엽서 49
- 문득 요즘 그녀가 좋아하는 음악 목록이 궁금해졌다

그 시절 내가 만난 한 소녀가 새로운 음악이 언제까지 나올 것인가에 관해 물은 적이 있다. 음악에도 분명 매장량은 있을 것이다, 라는 것을 전제하고 한 질문이었다. 그녀가 당시 좋아하던 음악 목록을 내게 건네면서, 이런 속도로 작곡가들이 좋은 음악을 발표한다면 언젠가는 이 세상에 새로운 음악이 사라지는 건 아닐까, 그녀는 그것을 궁금해했다.

그녀가 내게 어떤 대답을 기대하고 한 말은 아니었지만, 경험으로 알게 된 사실은 음악은 우주처럼 커지는 것이어서, 새로운 음악이 사라지는 일은 없을 것이다. 물론 한 시절에 유행하는 선율의 음악은 고갈된다. 이를테면 한 창고가 비면 그 창고에서 나오던 우리에게 매번 새로움을 안겨주던, '우리가 사랑한 음악'은 더는 나올 수 없다. 자신의 질량을 빛 에너지로 다 소진하면 결국 별이 사라지는 것처럼 말이다.

문득 요즘 그녀가 좋아하는 음악 목록이 궁금해졌다. 내가 아는 그녀는, 나와 달리, 새로운 음악의 유행에도 뒤떨어지지 않을 것 같다.

그녀의 태양은 엄청나게 큰 것이어서, 그래서 새로운 음악이 언제까지 나올 것인가에 관해 여전히 답을 찾고 있을지도 모르겠다.

휴대전화기 컬러링 음악이 좋다고 한 다음부터 내 전화를 일부러 늦게 받는 사람이 내 애인이었으면 좋겠다는 생각을 한 적이 있다.

엽서, 엽서 50
- 포틀랜드에서는 모든 것이 좋았다

 한 도시에 관한 추억에 모든 것이 좋을 수는 없다. 거리에서 어깨를 부딪치고 가는 사람 때문에라도, 깜빡이를 켜지 않고 차선을 바꾸는 차 때문에라도 사소하게나마 나쁜 기억은 생기기 마련이다. 지난여름 여행 중에 방문한 미국 메인 주의 포틀랜드에서는 모든 기억이 좋았다. 자연과 거리와 건물, 사람, 날씨 등 모든 기억이 좋았다. 도시 명소인 '롱펠로 서점'에서 롱펠로 원서 시집 한 권과 사진엽서 몇 장을 산 후, 근처 롱펠로 생가를 향해 걸어가는 중에 그런 생각이 들었다. '지금까지 이 도시에 관한 모든 기억이 완벽하다.' 이렇게 말이다. 곧장 발걸음을 돌려 나의 완벽한 포틀랜드를 떠났다.

 누군가를 위해 빗속을 달려 우산을 사다 준 일이 있다. 가끔 궁금했다. 그때 나는 우산을 준 것일까? 빌려준 것일까?

 잘 시간은 여전히 멀었고, 바람은 쌩쌩 불고, 나는 가난하고 외롭고 높고 쓸쓸해서 언제나 넘치는 사랑 속에* 산 한 시인을 생각하며 쉽게 오지 않을 것은 같은 이 밤의 잠을 기다린다.

어떤 노래의 제목이 '잠이 오지 않는 밤에'가 아니고 '잠도 오지 않는 밤에'인 것은, 오지 않는 것이 잠만이 아니어서라고 언젠가 잠도 오지 않는 밤에 생각한 적 있다.

바람은 쌩쌩 불고, 나는 사백구십팔, 사백구십구, 오백. 별의 숫자를 세고, 잠이 아니 올 리 없다.

---

* 백석의 시, 〈흰 바람벽이 있어〉 중에서 인용

엽서, 엽서 51
- 이게 좋은 건지 나쁜 건지 모르겠다 같은 대화를

"어떤 커피를 좋아하시는지 몰라서 아메리카노랑 카페라테를 샀어요."
"전 둘 다 좋아합니다."

누군가 조심스레 아파트 문을 두드려 빼꼼 문을 열었더니, 오고 가며 한 번씩 인사를 나눴던 같은 아파트에 사는 한국인 부부가 서 있었다. 지난밤은 괜찮았는지, 아침은 먹었는지 이런저런 안부를 물어보셨다. 내가 어떤 커피를 마시는지 몰라 두 종류의 커피를 샀다며 종이 캐리어에 담긴 커피 두 잔을 모두 건네주셨다. 복도에 서서 마침 나도 오늘 아침에 커피를 사러 나갔다가 줄이 너무 길어 포기하고 돌아왔다거나, 지난밤 단수가 될 걸로 생각해서 욕조에 물을 잔뜩 받아놓았는데 전기와 달리 수도는 나가지 않아, 이게 좋은 건지 나쁜 건지 모르겠다 같은 대화를 한참 나눴다.

엽서, 엽서 52
- 짝사랑하는 사람과 찍은 유일한 사진을 지워버렸다

오후에 전기가 들어왔고, 지난밤에 정전이 된 동네 풍경을 담은 사진을 카메라에서 내려받다 실수로 다 지워버렸다. 복원 방법을 찾다가 한 인터넷 게시판에서 짝사랑하는 사람과 찍은 유일한 사진을 지워버렸다는 사연을 읽었다. 중요한 자료를 하드디스크 세 곳에 각각 저장해뒀는데, 파일 정리 중에 '이건 저쪽에도 있으니까 지워도 괜찮겠지'를 반복하다 세 곳에서 다 지워버렸다는 사연도 있었다.

도시에 유일한 전문업체에 문의했는데, 이곳에서는 장비를 갖춘 곳이 없어 토론토에 우편으로 보내서 복원한다고 했다. 비용도 엄청났고 복원 기간에 두 달 정도 걸린다고 해서 포기했다. 컴퓨터에 능통한 친구 말에 따르면 서울에서라면 하루면 될 일이라고 했다.

엽서, 엽서 53
- 밤새 눈이 내린 날, 거리에 눈이 하나도 없었다

    이곳 사람들 일하는 건 느려도, 자연에 대응하는 건 정말 빠르다. 오후가 되자 전쟁터 같았던 도시가 금세 원래의 모습을 갖추기 시작했다. 지난겨울 밤새 눈이 내린 날, 아무도 밟지 않은 눈을 보려고 아침 일찍 나갔는데, 거리에 눈이 하나도 없었다. 조금 과장하면 그렇다.

엽서, 엽서 54
- 국기에 단풍이 있는 나라에서 목격한 가을

한 동네에서 네 번째 계절을 맞아 나름 익숙해진 탓인지 일상이 바빠졌다. 허리케인이 지나간 다음 날 커피를 사다 준 일을 계기로 하윤이 가족을 비롯해 동네 한국 분들과 부쩍 왕래가 잦아진 일도 그중 하나다. 무엇보다 그분들이 일러주신 동네 단풍명소들을 찾아다니며 가을 단풍놀이에 시간 가는 줄 몰랐다. 국기에 단풍이 있는 나라에서 목격한 가을은 오전에 본 풍경을 오후에 다시 봐도 와! 하는 감탄이 나왔다. 감탄을 많이 할수록 부자가 된다면 나는 이 무렵에 세계 최고 부자 리스트에 올랐을 것이다.

카메라를 들고 온종일 돌아다녔는데 구도를 여러 형태로 달리해보아도 막상 사진에서는 실제 내가 본 느낌이 잘 살지 않았다. 집 베란다에서 내려다본 동네 풍경을 원거리에서 잡은 사진에서 그나마 내가 실제 본 캐나다의 가을이 살짝 엿보였다. 단풍 구경도, 인생처럼, 나무가 아니라 숲을 봐야 하는 일이었다.

본격적으로 단풍놀이에 나설 계획은 아니었는데, 하윤이 가족과 함께 케이프브래튼 아일랜드를 자동차로 다녀온 뒤에 내친김에 속도를 더 내어 비행기를 타고 저 유명한 캐나다 단풍 길의 시작점인 토론토까지 다녀왔다. 하윤이 아버님이 나이아가라 폭포 앞에서 "나이야 가라!" 하고 외치면 다시 젊어진다며 여행 전에 신신당부하셨지만, 막상 나이아가라 폭포의 장대한 모습을 마주하자 다 잊어버렸다.

   나이아가라 폭포를 보면 뛰어들고 싶은 마음이 든다는 말이 있다던데, 과연 그랬다. 이렇듯 큰 폭포 앞에서 사람은 얼마나 작은가, 사람이 이토록 작은데 한 사람의 마음은, 감정은 또 얼마나 작은 것인가 하는 생각이 절로 들었다. 폭포에 뛰어들고 싶다는 말은 아마도 이렇게 작디작은 마음을 가랑잎처럼 폭포에 휙 던져버려야 한다는 뜻인 것 같다. 생각해보면 그날 그곳에서 내가 흘려버린 것은 폭포 앞에서 꼭 "나이야 가라!"를 외치라는 하윤이 아버님의 당부뿐만은 아니었다.

엽서, 엽서 55
- 한 사람이 말을 하면 다른 한 사람이 말을 보태는 식으로

젊은 남자 혼자서 주로 베이글을 먹고 산다는 말에 마음이 쓰였는지 하윤이네 저녁 자리에 종종 초대를 받았다. 하윤이 아버님과 어머님은 부부 중 한 사람이 말을 하면 다른 한 사람이 말을 보태는 식으로 대화를 이어나갔는데, 가끔은 내가 한 사람과 대화하는 느낌이 들기도 했다. 다른 나라에서 지금처럼 자리잡기까지 모든 일에 부부가 힘을 합쳐야만 했던 지난 시간이 두 사람의 대화법에 흔적을 남겼는지도 모른다.

"아! 카메라 장비였구나. 늘 어깨에 둘러메고 다니는 게 뭔지 궁금했는데."

"그것 때문에 우리끼리 명욱 씨를 원스 청년이라고 불렀잖아."

"원스 청년요?"

"영화 〈원스〉에 나오는 남자주인공 닮았다고. 진공청소기 수리하는 일 하면서 거리공연도 하는 그 남자가 영화 내내 어깨에 기타를 메고 다니잖아요."

"외모만 보면 명욱 씨가 훨씬 낫지. 사실 나도 어떤 분인가 궁금했어. 유학생 같지도 않고, 그렇다고 이민을 오신 분 같지도 않고."

단풍 구경을 하다 캐나다 서부에서 왔다는 한 분과 대화 중에 서부와 다른 이곳 단풍만의 특징을 풀 컬러(full color)라고 해서 오렌지, 빨강, 노랑 모든 색이 다 있다는 뜻인가 보다, 가을 내내 나도 그렇게 말하고 다녔는데 우연히 이곳의 선거홍보물을 읽다 내가 들은 풀 컬러가 실은 폴 컬러(fall color)라는 걸 알게 되었다. 글로 읽었기에 망정이지 말로 들었으면 난 또 폴 컬러를 다른 뜻으로 이해하고, 감탄하고, 여기저기 말하고 다녔을지도 모른다. 알다시피 영어단어 폴에는 떨어진다는 뜻도 있고, 가을이라는 뜻도 있고, 폭포라는 뜻도 있다.

엽서, 엽서 56
- 사랑은 한 번이 아니지만, 인생은 누구에게나 '한 번'

   영화 〈원스〉의 제목에 대해 생각해 본 적이 있다. 원스(once)라는 영어 단어에는 '한 번'이라는 뜻도 있고, '한때', '일단', '옛날'이라는 뜻도 있는데 과연 어떤 뜻일까? 하고 말이다.

   꿈을 향해 영국으로 떠난 거리 음악가의 훗날을 생각해보면 위대한 음악가의 '옛날', '한때'라는 뜻일 것 같다. 실연 후 더 이상 사랑은 없을 거라고 믿는 남자의 영화 속 노래들을 생각하면 '한 번'이라는 뜻도 가능할 것 같다. 영화 속 남녀가 입증했듯 사랑은 한 번이 아니지만, 인생은 누구에게나 '한 번'이고, 한 번뿐인 인생에서 꿈을 찾아 떠난 남자를 생각하면 다른 뜻의 '한 번'일 수도 있다.

   한쪽 어깨에 기타를 둘러메고 더블린 공항에서 영국행 항공기 탑승구를 향해, 자신의 꿈을 향해 척척 걸어가는 남자의 발걸음이 개인적으로는 이 음악영화 속 음악들보다 더 인상 깊었다.

   "살아보니까 쓰는 말이 틀려서 그렇지, 한국이나 캐나다나 다를 게 없더라고. 다 사람 사는 곳이에요. 좋은 사람도 있고 아닌 사람도 있고."

"이민 온 지 얼마 안 되었을 땐데, 차에 새똥 앉는 일이 없어서 '캐나다 새들은 예의가 바르구나!' 나 혼자 생각을 했지. 하루는 세차하고 길에 차를 잠깐 세워두었는데 글쎄 새들이 차 여기저기에 똥을 한 무더기 싸놓은 거야. 그래서 알았지. 한국이나 캐나다나 다 똑같다. 누구나 깨끗한 화장실을 좋아할 뿐이다. 이렇게 말이야."

"한국말을 할 때는 하고 싶은 말을 다 하는데, 영어로 말할 때는 할 수 있는 말만 하니까 좀 답답하기도 하고 그렇지 않으세요?"

"한국이라고 내가 하고 싶은 말 다 하면서 사는 것도 아니니까."

"엄밀히 말하면 한국에서는 안 하는 거고, 여기선 못하는 거지."

하윤이 어머니에게서 받은 정보로 가을부터 매주 중앙도서관 대화모임에 참여해 왔다. 소그룹마다 선생님 역할을 하는 봉사자분들이 두 명씩 있고, 각국에서 온 사람들이 그때그때의 주제로 대화를 나눴다. 매주 한 명씩 무엇이든 자기 나라에 관한 것을 소개하는 시간이 있는데 내 차례가 왔을 때 난 한국의 단풍을 소개했다. 한 프랑스 여자분은 말로 설명하는 대신 빵을 만들어 와 모두에게 나눠줬는데, 설명이 입에 쏙 들어왔다.

엽서, 엽서 57
- 프린스 에드워드 섬에서 감자 농사나

한번은 이란에서 온 한 여자분에게 최근에 한국에서 처음 출간된 이란 시집을 읽었고 시인 하미드 사미자리의 시를 좋아한다고 했더니 서툰 발음의 그 이름을 무척 반가워했다.

보통은 어느 정도 이 도시에 체류하는 사람들이 오지만 2주간 이곳을 방문하면서 이 모임에 온 터키 남자분을 만나 친구가 되었다. 터키 작가 오르한 파묵을 좋아하고 그의 책 중 〈순수박물관〉과 〈내 이름은 빨강〉을 읽었다고 했더니, 〈순수박물관〉은 지루하다면서 그 책을 좋아하는 걸 보니 낭만주의자라며 나를 놀렸다. 살면서 책을 읽는 남자를 실제로 만난 건 처음이었고, 그도 그렇다며 반가워했다.

"명욱 씨 요즘 도서관 대화모임은 어때요?"
"지난번에 말씀드린 터키 친구는 이스탄불로 돌아갔어요. 메일주소를 교환한 첫날에 바로 메일이 왔는데, 저만큼 수다스러워서 메일이 어찌나 길던지."

얼마 전 이곳 극장에서 호아킨 피닉스 주연의 영화 〈조커〉를 보고 홍상수 감독의 영화 〈당신자신과 당신의 것〉이 떠올랐다. 영화 속 주인공의 몽상 장면이 반복되고, 몽상 시간이 길어지면서 점점 더 현실과의 구분이 어려워지는데, 영화 속 남자는 마침내 자신의 몽상에 영원히 머무는 데 성공한다. '조커'처럼 말이다.

"명욱 씨 한국 돌아가면 바로 일하는 거예요?"
"네, 복직해서 바로 일해야죠."
"나랑 프린스 에드워드 섬에서 감자 농사나 짓자니까."
"사진작가분에게 농사를 짓자고 하면 남겠어? 명욱 씨 감자밭 한편에서 해가 뜨고 다른 한편으로 해가 지는 사진을 찍으면서 일 년만 더 있자 해도 될까 말까인데. 아이고, 우리 하윤이 잠들었다."

밤이 늦도록 어른들의 대화가 길어지자 거실에서 하윤이가 TV를 보던 자세 그대로 잠이 들어버렸다. 아버지가 하윤이를 안아 방으로 옮기는 동안 어머니가 TV를 끄고, 휴대전화로 영화 〈원스〉 사운드트랙을 검색해서 틀었다.

십 년 전쯤
내 마음을 빼앗은 한 아이리시 소녀와 사랑에 빠졌지
하지만 그녀는 알고 지내던 한 남자와 떠나버렸고

부서진 가슴의 나만 홀로 더블린에 남았네
오! 나는 사랑을 잃은 후버 진공청소기 수리공
오! 나는 사랑을 잃은 후버 진공청소기 수리공
언젠가 그녀는 다시 내게 돌아오겠지만, 그때까지는
나는 그저 사랑을 잃은 후버 진공청소기 수리공일 뿐이지*

아이를 눕히고 나온 하윤이 아버님이 나에게 맥주를 건네며 물었다.

"명욱 씨 한국에서 무슨 일을 한다고 했지?"
"진공청소기 고치는 일을 했습니다. 노래를 좋아해서 종종 거리공연도 하고요."

---

* 영화 ONCE OST, 'Broken Hearted Hoover Fixer Sucker Guy' 가사 전문

엽서, 엽서 58
- 태양을 한 바퀴 돈 지구가 다시

처음 이곳에 왔을 때는 남은 시간을 연(年)으로 세다, 여름이 지나고부터 달(月)로 세고 있다. 시간 참 빠르다. 12월이 되면 주(週)로 세다, 일(日)로 세다. 결국 시간으로, 분으로, 초로 세는 순간이 올 거다. 비행기가 사뿐히 공중으로 날아오를 것이다. 태양을 한 바퀴 돈 지구가 다시 출발점으로 돌아갈 거다.

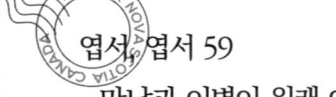

엽서, 엽서 59
- 만남과 이별이 원래 이러한 것을

    이곳에 올 때 공항으로 출발하는 순간까지 집을 정리했던 기억 때문에 한국에 돌아갈 준비는 여유 있게 하려다 보니 11월부터 바빠졌다. 돌아가는 항공기는 이미 예약했고, 아파트 계약도 매니저와 미리 마무리 시점을 확정해 놓았다. 아파트 사후 검사에 대비해 냉장고, 세탁기, 건조기, 식기세척기의 상태를 점검했다. 이 가전제품들이 고장 나면 평소에는 아파트 측에 수리 의무가 있지만, 명도 시점에는 임차인 책임이라 보증금에서 수리비가 차감될 수도 있다고 했다. 이해되지 않지만 따져볼 시간이 없었다.

    아파트 보증금은 매니저가 관리회사의 승인을 받아 한두 달쯤 후에 수표로 돌려주는데, 그때는 내가 이곳에 없을 거라 하윤이 아버님이 받아 내게 송금해주시기로 했다. 전기보증금과 아파트 보험 잔여 기간에 대한 환급금은 각 회사에서 국제우편으로 보내주기로 했다.

    은행 계좌는 개설 때 한 시간 이상 걸렸던 것과는 달리 닫는 데는 일 분이면 된다고 한다. 만남과 이별이 원래 이러한 것을 누구에게 가서 따져 물으리, 귀국을 앞두어서인지 타령조의 혼잣말이 나왔다.

엽서, 엽서 60
- 누군가 떠난 빈자리를 빈틈없이 채우는 맛

차를 산 대리점에서 제시받은 중고차 가격이 너무 헐값이라 하윤이 아버님이 한국인 매수자를 찾아봐 주시겠다고 했다. 새 타이어 냄새와 커피 향기가 기분 좋게 섞인 자동차 대리점의 공짜 커피 맛을 음미하느라 일 년 뒤에 차를 되파는 상황은 깊이 따져보지 못했다. 그래도 공짜 커피는 여전히 맛있었다.

살림은 새 입주자에게 통째로 넘기는 방법을 알아보았는데 사정이 맞지 않았다. 온라인에 올려 최대한 팔아보고, 남은 것은 하윤이 아버님이 처리해 주시기로 했다. 촬영용 책상과 전등은 하윤이에게, 거실 소파는 하윤이 어머님에게, 삼단 전등은 하윤이 아버님께 선물할 계획이다. 우리 집에 처음 놀러 왔을 때 각자가 관심을 가졌던 물건들인데 그때부터 이럴 생각이었다.

마침 크리스마스 다음 날이 출국이라 이 가족에게 산타가 되어보기로 했다. 몬트리올 베이글 한 봉지도 함께 선물할 생각이다. 누군가 떠난 빈자리를 빈틈없이 채우는 맛이라는 걸 나는 이미 경험으로 알고 있다.

엽서, 엽서 61
- 같은 시간이 흐를 수 있도록 내가 나에게 주는 선물

부모님과 한국의 친구들에게 줄 선물도 미리 샀다. 부모님께는 고형 꿀과 메이플 쿠키를, 친구들에게는 사람 수에 맞춰 이곳이 원산지인 커피 원두와 집 앞 도넛 가게 브랜드의 커피잔을 샀다. 커피잔 가득 이곳에서만 파는 과자들을 담아 선물할 생각이다. 도넛 가게에서는 커피잔 하나를 살 때마다 무료 커피 한 잔씩을 주는데 가격에 상관없이 원하는 종류의 커피를 마실 수 있다. 물론 나는 늘 마시던 걸로 마실 거다. 블랜드 커피 말이다.

처음 루넨버그에 방문했을 때 산 벽시계는 한국에 가지고 갈 거다. 한국에서도 이곳에서와 똑같은 시간이 흐를 수 있도록 내가 나에게 주는 선물이다.

더 정리할 게 남았는지를 떠올려 보았는데……, 더는 떠오르는 것이 없었다.

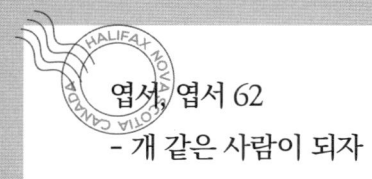

엽서, 엽서 62
- 개 같은 사람이 되자

늘 가던 호숫가에는 숲으로 난 오솔길이 하나 있다. 하루는 이 길 너머에 뭐가 있을까 무작정 걸어 들어갔다 길을 잃었다. 외길이어서 갔던 길로만 돌아오면 된다는 생각이었는데 일이 뜻대로 되지 않았다. 휴대전화는 집에 있었고, 그 와중에 비마저 내리기 시작했다. 길을 바꿔 걸어도 계속 같은 자리로만 돌아왔다. 멀리서 들리는 자동차 소리를 따라갔는데 막상 가보니 숲에 갇힌 바람 소리였다. 일몰에 가까워 하늘이 조금씩 어두워지고 있었다. 모든 감각을 실조한 내가 할 수 있는 건 무작정 걷는 것뿐이었다.

그렇게 걸어 다시 닿은 곳이 또 다른 호숫가였는데 그곳에서 개와 함께 산책을 나온 한 청년을 만났다. 영화 〈냉정과 열정 사이〉에서 기적은 그리 자주 찾아오는 게 아니라고 했지만, 이런 날씨, 이런 시간, 이런 곳에 산책을 나온 이를 만난 게 기적이 아니면 도대체 뭐란 말인가.

청년을 따라 숲을 빠져나오다 신발 끈이 풀려 몇 걸음 뒤처지자, 앞서갔던 개가 돌아와 엉덩이를 바닥에 붙이고 내가 신발 끈을 다 묶을 때까지 기다려주었다. 나도 누군가에게 이 개 같은 사람이 될 수 있을까? 그래, 이 개 같은 사람이 되자! 마음먹었다. 표현상 오해가 있을 수 있으니 굳이 이 결심을 말로 할 필요는 없겠다.

엽서, 엽서 63
- 단단히 마음먹는 순간

길을 잃은 경험 때문에 한동안 멀리하다 11월 말이 다 되어서야 다시 집 근처 호수를 찾았는데, 호수가 이미 꽁꽁 얼기 시작했다. 누군가 무언가를 단단히 마음먹는 순간을 함께하는 느낌이었다.

엽서, 엽서 64
- 내 책장에 읽지 않은 책들

혹시나 해서 몇 해째 가지고만 있던 책 몇 권을 이곳에 가지고 왔는데 그 중 소설 〈달콤 씁싸름한 초콜릿〉은 정말 재미있었다. 작가가 멕시코 사람이라는 이유만으로 멕시코라는 나라가 좋아질 정도로 말이다. 한국에 돌아가면 책장에 있는 책 중에 읽지 않은 책들을 우선 읽어볼 생각이다. 그런 책 중에는 사람도 있다.

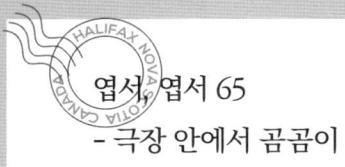

엽서, 엽서 65
- 극장 안에서 곰곰이

또 궁금했다. 내가 이곳에 온 이유는 충족된 것일까? 출발할 때는 알았던 것 같은데 도착하자마자 잊어버린 그 이유 말이다. 훗날의 내가 지금의 나에게 물어보면 뭐라고 답을 해야 하나, 영화가 시작되자 약간의 빛만을 남기고 사위가 어두워진 극장 안에서 곰곰이 생각해보았다. 일단은, 출발 자체가 목적이고, 이유의 전부였던 여행이라고 해두자.

엽서, 엽서 66
- 달리 떠오르는 것이 없었다

책은 부피에 비해 지나치게 무거워 다 읽고 최대한 머릿속에 담아가기로 했다. 또 두고 갈 것은 없나 생각해보았는데 달리 떠오르는 것이 없었다.

엽서, 엽서 67
- 매년 크리스마스트리 한 그루를 보스턴에

   100년쯤 전 이곳에 큰 재난이 있었고, 미국 보스턴 시에서 가장 먼저 도움의 손길을 내밀었다고 한다. 그에 대한 감사한 마음을 담아 이곳에서 지난 100년 동안 매년 크리스마스트리 한 그루를 보스턴에 보냈는데, 오늘 금년도 배송 행사가 시청 앞에서 있었다. 주말에는 크리스마스 빛 퍼레이드 행사가 있고, 이미 도심 가로등에 크리스마스 장식이 걸렸다. 귀국이 크리스마스 다음 날인데, 사람들이 환송 인사를 시작했다. 너무 빠른 거 아닌가? 아직 한 달이나 남았는데……. 평소 듣는 라디오 채널에서는 하루종일 크리스마스 캐럴만 나왔다.

엽서, 엽서 68
- 곧 다시 나타날 때까지, 아주 잠시만

어제는 온종일 혜성의 궤도에 대해서 생각했다. '지구의 밤하늘에 몇십 년 만에 한 번 나타나는 혜성을 붙잡고 있는 중력의 중심은 어디지?' 이렇게 말이다.

인터넷을 검색해보니, 대부분 혜성의 중심은 태양이었다. 삼백 년 전 영국의 천문학자 핼리가 나와 똑같은 생각에 몰두한 끝에 혜성이 태양계의 구성원임을 입증했다.

약 76년에 한 번씩 나타나는 핼리혜성은 알고 보면 짧은 공전주기의 혜성이다. 몇천 년, 심지어 몇십만 년에 한 번 지구에 모습을 나타내는 혜성도 있다. 지구가 태양을 한 바퀴 도는 동안을 일 년이라고 부르는 지구식 시간 계산법에 따르면 1976년에 발견된 웨스트(West)라는 혜성의 일 년은 50만 년인 셈이다.

우주에는 이런 태양계가 천억에 천억을 곱한 개수만큼 있다. 이렇게 무한히 큰 우주에서, 내가 좋아하는 누군가를 만났다는 사실에 대해, 그 의미에 대해 생각해보았다.

기적이라고밖에는 말할 수 없다.

공항에서 하윤이가 너무 울어 나도 울 뻔했다. 눈에 띄게 눈시울은 붉어졌지만 그래도 끝까지 잘 참았다.
"삼촌이 또 올게! 엄마, 아빠랑 재미있게 지내고 있다가, 금세 또 보는 거다!" 급히 하윤이를 달래고, 출국 게이트 쪽으로 돌아서 막 몇 걸음 걸어가는데 '아! 내가 이러려고 여기 왔었지······.' 하는 생각이 들었다. 도착 일 년 만에 내가 이곳에 온 이유가 마침내 기억이 났다. 난 다시 돌아오려고 이곳에 왔다.

혜성이 지구 대기에 처음 모습을 나타냈을 때는 태양을 향해 가지만, 곧 태양에 가려 사라진다. 그리고 다시 나타난 혜성은 태양에서 점점 멀어지다, 멀어지다 이내 지구 대기에서 사라진다. 떠난 모습 그대로 곧 다시 나타날 때까지, 아주 잠시만.

〈끝〉

저토록 반 딱 자른 달은
이제 와 어쩔 도리가 없다
이쪽으로 가면 미끄러지고
저쪽은 처음부터 절벽
달은 모르게
나 혼자
초승달 추억에 젖어보지만
밤은 이제 그믐으로 간다

- 이별이게

너는 나의 웃음이었으므로
나는 잠시 웃음을 참는다

참는다
웃음이 터질 때까지

- 봄

해피 엔딩: 시를 쓰는 남자들

"이런 문제도 상담이 되는지 모르겠습니다."
"말씀해보시죠!"
"제 주변에 어떤 사람이 있는데 너무 예뻐요!"
"꼭 상담하셔야 합니다. 아름다움이 항상 사람을 미치게 하죠."
"너무너무 예뻐요."
"예를 들면요?"
"온몸에서 달빛이 새어 나오는 것 같아요."
"달빛이라…… 왜 하필 달빛일까요?"
"무슨 뜻인지?"
"흔히들 아름다운 사람들게서 빛이 난다고 하죠. 하지만 달빛이 새어 나온다는 말은…… 글쎄요, 시적이긴 하지만 그게 햇빛이나 별빛과 어떻게 다른 걸까요?"

"음…… 뭐랄까 사람을…… 그러니까 사람을……."

"그냥, 느껴지는 그대로를 말씀하시면 됩니다."

"모르겠어요. 제 느낌을 정확히 표현하고 정의할 수 있다면 이곳에 오지도 않았을 겁니다."

"그렇긴 하죠. 맞습니다. 좋아요! 다시 질문할게요. 그 사람의 어디가 가장 예쁜가요? 물론 다 예쁘겠지만 그래도 굳이 꼽는다면 눈? 코? 입? 어깨? 손? 발? 다 좋아요. 얼굴? 아니면 전반적인 신체 균형? 아무래도 좋습니다. 아시겠지만 이곳에서 말씀하신 모든 내용은 비밀이 철저히 보장됩니다. 거울 앞에서 혼잣말하듯 말씀해보세요."

"어디라고 할 것 없이 그 사람 자체가 예뻐요. 온몸에서 달빛이 새어 나오죠. 살이 찌거나 날씬하거나의 문제가 아니에요!"

"제 말의 포인트는 그러니까 다 예쁘겠지만 그래도 굳이 꼽는다면……."

"알아요. 무슨 말씀이신지. 그중에서도 가장 아름다운 부분을 말해보라는 거죠."

"네. 맞습니다."

"……좋아요. 다 말씀드리겠습니다. 하지만 어떤 경우에도 비밀이 보장된다는 약속은 반드시 보장해주셔야 합니다."

"법과 의사로서의 제 양심을 걸고 약속드립니다."

"전 늑대인간입니다!"

"……."

"농담이 아니에요. 전 늑대인간이에요. 필요에 따라 늑대가 될 수도 있고, 지금처럼 사람의 모습이 될 수도 있죠!"

"……."

" 원하신다면 지금 이 자리에서 늑대로 모습을 바꿀 수도 있어요!"

"……좋습니다. 믿어야죠. 믿겠습니다. 계속해 보세요"

"우리 늑대인간은 인간에 더 가까워요. 오랜 진화의 결과죠. 무리의 제 동료 중 하나는 심지어 보름달이 뜬 저녁에도 필요하다면 인간의 모습을 유지하기도 하죠. 회사에서 급한 야근이 있다거나 하는 경우에요. 하지만 저는 그 정도는 아니에요. 선명한 보름달 아래에서는 반드시 늑대가 되어야 하죠."

"네. 이해합니다. 계속하시죠."

"특별히 문제는 없어요. 달은 주기를 지켜 모습이 바뀌니까요. 보름달 밤만 잘 피하면 사회생활에 아무런 문제가 없어요."

"……."

"그런데 얼마 전부터 문제가 생겼어요. 말씀드린 것처럼 제 주변에 온몸에서 달빛이 새어 나오는 사람이 생겼어요. 초승달, 반달, 그믐달, 보름달 그 모든 달빛이 한 사람에게 다 있어요. 전 물론 달을 사랑하죠. 하지만 문제는 예측할 수 없다는 거예요. 전 보름달 아래에서는 제 진심을 숨기지 못해요!"

"하늘에 있는 달과는 달리 그 사람에게서 나오는 달빛의 변화를 예측할 수 없다면 환자분의 입장에서는 곤란한 일이겠군요. 실제로 그런 일이 있었나요?"

"몇 번요. 구사일생으로 자리를 피했죠. 하지만 늘 그렇다고는 장담할 수 없죠. 더욱이 요즘은……."

"……."

"그 사람이 없는 곳에서조차 그 사람의 부재에서 나오는 달빛을 느껴요. 매번 달빛에서 도망을 치지만, 결국 저 스스로 돌아오게 되죠. 혼자서 결심하고 혼자서 결심을 깨는 일이 무한반복 되고 있어요. 고통스러워요. 오늘 이곳을 찾은 이유이기도 하고요. 이 고통만이라도 좀 진정시키고 싶어요."

"네, 충분히 알겠습니다. 뭐 일단 오늘은 여기까지 하죠. 다음 예약은 일주일 뒤 같은 시간으로 할까 하는데……."

"혹시 제게 도움이 될 만한 처방을 해주실 수 있을까요? 다음 일주일을 기다리기에는 개인적으로 문제가 심각해요."

"……임상 사례가 전혀 없는 일이라 단정할 수 없지만, 오늘 상담 내용을 기초로 처방하자면 환자분은 현재 그 여자분을 짝사랑하는 것 같습니다. 인간에게는 늑대인간 증후군이란 병이 있긴 하죠."

"늑대인간 증후군요?"

"네. 사랑하는 사람과 사적인 시간을 갖지 못하는 고통을 산 정상에 올라도 달빛을 독점하지 못해 질투로 울부짖는 늑대의 고통에 비유한 병명인데, 환자분 같은 경우는 진짜 늑대인간이시니 오히려 더 정확할 수도 있겠네요. 일단 아스피린을 몇 알 처방하겠습니다. 실연의 고통에는 술보다 진통제가 효과적이라는 확실한 임상 사례가 다수 있죠. 근본적인 처방은 안 되겠지만 일단 지켜보죠. 다음 주 같은 시간에 뵙겠습니다. 나가실 때 코트 뒤로 꼬리 나오신 것 사람들 눈에 띄지 않도록 조심하시고요!"

*

"환자분 시력이 좋으시네요. 양쪽 눈 모두 2.0입니다."
"그렇기는 한데……."
"네?"
"아무래도 제가 노안이 온 것 같아요. 책을 읽는 게 전에 없이 불편해졌어요."
"노안이요? 글쎄요. 환자분 시력 검사 결과를 봐서는 아닌 것 같습니다. 신경성일 수도 있고요."
"안 그래도 신경정신과를 먼저 내원했었어요. 그런데 그쪽에서는 안과 문제라고 했어요."
"그쪽에서 뭘 근거로 안과 문제라고 단정을 하던가요?"
"소견서를 주셨어요. 안과 선생님께 보여드리라고요."
"주시죠. 확인해 보겠습니다."
"……."
"3,000킬로미터 밖의 표지판을 읽으실 수 있다고요?"

"네. 사실입니다."

"······."

"신경정신과에서도 처음에는 믿지 않았어요. 의사분이 실제 미국에 있는 지인분과 통화를 하시면서 제가 그분의 옷과 가방의 색깔, 지갑에 든 지폐 금액까지 맞춘 다음에야 비로소 제 말에 귀를 기울이셨죠."

"소견서에도 그렇게 기록되어 있기는 한데······."

"믿기 힘드시겠지만 실은 더 먼 곳까지도 보여요. 정확히는 태양계 너머 먼 우주까지 말입니다."

"······."

"사실입니다. 처음에는 울퉁불퉁한 달의 표면까지 정도였는데, 점점 시력이 더 좋아져서 태양계를 지나서 더 먼 곳까지 보게 되었어요. 개인적으로 천문학 자료를 찾아본 결과로는 십억 광년쯤 떨어진 은하계의 끝까지 볼 수 있는 것 같아요."

"신경정신과에서는 뭐라고 하던가요?"

"사실 확인이 불가능한 사항에 대해서는 임상적 혹은 추정적 진단도 할 수 없다고 했습니다."

"환자분의 말씀을 못 믿어서가 아니라, 상식적인 확인이 좀 필요하다고 생각되는 게, 빛의 속도로 십억 년이 걸려 도착할 수 있는 곳을 환자분은 시선 한 번에 도착할 수 있다는 말씀이신데, 이건 우리가 알고 있는 우주가 아닙니다. 상대성이론 말입니다. 우주에서 가장 빠른 것은 빛이죠. 그런데 환자분의 말씀대로라면 환자분의 시각 정보가 빛의 속도보다 빠르다는 건데, 그렇다면 환자분의 시각은 시공간을 넘나들게 된다는 말이 됩니다. 십억 광년을 순식간에 이동하는 타임머신처럼 말이죠."

"……."

"과연 그런가요?"

"과거는 더 멀리까지도 보여요. 지구가 태양계에 자리를 잡고, 달을 붙잡았던 역사적인 순간들 같은. 과거는 현재처럼 3차원의 형태를 가지고 있어요. 하지만 미래는 좀 달라요. 굳이 설명하자면 무질서한 입체 격자무늬 바닥 같은데 3차원의 언어로 설명하기 힘들죠."

"……뭐 좋습니다. 일단 확인 가능한 것부터 시작해 보죠. 환자분께서는 본인의 남다른 시력 때문에 구체적으로 어떤 불편이 있으신 거죠?"

"고독해서요."

"네?"

"남들이 보지 못하는 걸 본다는 건 그 자체로 고독한 일입니다. 선생님께서 혹 누군가를 짝사랑해본 경험이 있으시다면 저를 이해하실 수 있을 겁니다. 누군가 보지 못하는 마음을 오랫동안 혼자서 바라보는 일은 10억 광년 내에서 가장 외로운 일입니다."

"고독은 안과적 진단 대상이 아닙니다. 사랑도 물론 아니고요."

"그래서 제가 노안을 의심하는 겁니다. 남들이 보지 못하는 먼 곳을 보는 만큼, 혹 남들은 다 보는 가까운 곳에 있는 것을 보지 못하는 게 아닐까 하는 합리적인 의심 말입니다. 그러니까 지금으로서는 노안 진단이 제 유일한 희망입니다."

"뭐 물론 환자분 말씀대로 가까운 것은 흐려지고, 멀리 있는 것은 더 잘 보는 게 노안의 일반적인 증상이기는 하죠. 실제로 상대성이론이 원자 단위의 세계에까지 적용될 수 없는 것처럼 말이죠. 양자역학 말입니다. 대상에 따라 보는 눈이 처음부터 달라야 하죠. 뭐 좋습니다. 환자분 뜻대로 노안에 대한 정밀 검사를 추가하겠습니다. 오늘은 일단 여기까지 하시고요, 다음 예약은 일주일 뒤로 할까 하는데······."

"혹시 제게 도움이 될 만한 처방을 해주실 수 있을까요? 다음 일주일을 기다리기에는 개인적으로 문제가 심각해요."

"임상 사례가 전혀 없는 일이라······ 언젠가 자기 주변의 어떤 사람이 너무 예뻐서 미치겠다고 내원하신 분이 있었습니다. 양쪽 눈에 안대를 하는 것 외에 안과적 처방이 불가하다고 말씀드렸는데. 후에 들은 바로는 결국 환자분이 찾은 답이 아스피린이었어요. 실연에는 술보다 진통제가 더 효과적이라는 확실한 임상 사례가 다수 있기는 하죠."

"······."

"참, 그리고 고독과 사랑이 안과적 진단 대상이 아니라고 말씀드린 건, 단순한 진료 범위를 말씀드린 게 아닙니다. 사랑은 보이는 게 다가 아니라는 말씀을 드린 겁니다. 안과 전문의로서 단언할 수 있습니다. 절대 아닙니다. 3차원의 시각으로는 알아볼 수 없는 상대방의 마음을 오해해 사랑을 망친 바보들이 역사적으로 수두룩하죠. 혹 다른 사람의 과거도 보이신다면 십 년쯤 전 무렵의 제 사례를 참고하세요. 제 앞에 스스로 발걸음을 멈춘 달을 붙잡지 못했죠. 제 밤하늘이 유독 어두운 이유랍니다. 그럼 일주일 뒤에 뵙겠습니다. 나가실 때 문지방에 이마 조심하시고요."

*

"전 외계인입니다."

"정신과라고 해서, 영화나 드라마에서 보신 것처럼 다 고백해야만 하는 건 아닙니다. 그냥 어떻게 불편하신지만 말씀해주세요. 환자분은 마음에 감기가 걸린 것이니까, 열이 있는지, 콧물이 흐르는지, 목이 부었는지만 제게 말씀해주셔도 치료할 수 있습니다. 감기를 치료하기 위해 감기에 걸린 이유까지 꼭 알아야 하는 건 아니거든요. 비를 맞았다거나, 과로했다거나, 주변에 감기 환자가 있었다거나 하는 정확한 이유는 사실 환자분도 모르는 일이에요. 이곳을 찾은 환자분들 스스로 이유라고 생각하는 것들이 실은 아픈 이유의 전부는 아닙니다."

"전 진짜 외계인입니다."

"뭐 좋습니다. 계속하시죠."

"저도 처음부터 제가 외계인인 것을 알았던 것은 아니에요. 이틀 전 우리 아파트 옥상에 무단 착륙한 우주선에 태워져 지구에서 20억 광년 떨어진 한 행성으로 돌아간 뒤에야 내가 그 행성의 생명체였다는 것을 알게 되었어요."

"20억 광년이라…… 아득히 먼 곳이네요."

"지구가 자신의 노란 태양을 한 바퀴 도는 데 일 년이 걸린다면, 우리 행성은 자신의 흰색 태양을 도는 데 40만 년이 걸려요. 우리가 일상에서 태양을 보려면 천체 망원경으로 관측을 해야 하는데, 망원경으로 태양이 보이면 낮이고, 보이지 않으면 밤입니다. 당연히 천체물리학자들을 제외하면 누구도 일상생활에서 낮과 밤 구분에 관심이 없죠."

"24시간 밤이겠네요."

"가끔 공전 중에 근접하는 다른 태양계의 빛이 닿을 때도 있죠. 그 빛이 우리 행성의 생명체에게는 유일한 에너지원입니다. 당연히 우린 에너지 귀한 줄 알아요. 그래서 우린 진화과정에서 생명체가 가장 많은 에너지를 쓰는 두뇌 활동을 집단화 시켰습니다. 지구의 언어로 설명하면 우린 일종의 블록체인 기술을 활용한 고도의 지적생명체라고나 할까요. 우리 중 누군가의 기억에 변화가 생기면 모두의 기억에도 그 사실이 반영되죠."

"알듯도 말듯도 하네요."

"전 지구에 파견된 '우리'였습니다."

"지구를 배우기 위해서?"

"우린 지구의 미래입니다. 지구에서 새롭게 배울 건 없어요. 곧 지구 태양의 연료가 꺼지면 지금껏 지구를 붙든 중력도 사라질 테고, 지구 또한 우리처럼 다른 태양을 찾아 나서야 할 테니까."

"곧이요?"

"우리의 시간으로는 그렇고, 지구 시간으로는 아주 먼 훗날의 일이긴 합니다. 상담을 계속하면, 저는 이야기를 찾아서 지구를 방문했습니다. 우린 에너지 문제 때문에 생존에 꼭 필요한 게 아니면 두뇌 활동을 할 수 없거든요. 특히 예술 창작 같은 활동은요. 하지만 지적생명체란 늘 아름다움에 취하고, 근사한 이야기에 목말라하기 때문에 지구처럼 가까운 태양에서 에너지를 풍요롭게 수급받는 행성에 우리를 보내서, 그곳에서의 경험을 우리의 집단기억으로 공유합니다."

"지구에서는 그 집단기억 공유라는 게 안 되나 보죠? 아까 환자분이 자신이 외계인이라는 걸 몰랐다고 말씀하신 것을 보면요."

"데이터를 주고받을 때 사용하는 통신 규칙인 프로토콜에 은하계 제한이 있습니다."

"하긴 뭐 지구에도 와이파이가 안 터지는 곳이 어디나 있죠. 경제 논리 없이 모든 곳에 기지국을 세울 수는 없으니까요"

"전 지구에서 귀환하자마자 모두의 기억과 나의 기억을 동기화를 했습니다. 그리고 깨달았죠."

"무엇을요?"

"제가 그녀를 사랑한다는 것을요."

"네?"

"지구를 떠나기 일주일 전에 한 여자분이 제게 사랑을 고백한 일이 있었습니다. 사실 전 그때까지만 해도 그녀에게 크게 관심이 없어서 거절했었거든요. 근데 제 뇌가 우리 행성의 집단기억과 동기화되었을 때 깨달았습니다. 제가 그녀를 사랑하고 있다는 것을요. 전 그 이전까지는 사랑이 뭔지를 몰랐어요. 사랑이 무엇인지를 몰랐으니 당연히 제가 그녀를 사랑하고 있다는 것도 알지 못했고요."

"……"

"전 그녀에게 돌아가기로 결심했습니다. 그래서 곧장 행성 이민국에 지구로의 영구적 망명을 신청했고, 이렇게 지구로 돌아왔습니다."

"망명 절차가 신속히 이루어져서 참으로 다행입니다."

"네. 다행이도요. 전 지구에 도착하자마자 우주에서 가장 크고 아름다운 꽃다발을 들고 그녀의 집 앞에서 그녀를 기다렸습니다. 기다렸는데……"

"기다렸는데……"

"어떤 남자분과 함께 귀가 중인 그녀를 만났습니다."

"다른 남자분요?"

"제가 그녀의 고백을 거절한 덕분에 그녀는 진짜 사랑을 만날 수 있었다며 제게 고맙다고도 했습니다. 하지만 전 알아요. 그녀의 그 사랑은 진짜가 아닙니다. 그것은 아스피린이에요. 진통제 말입니다. 저

희 행성에서도 실연에는 술보다 진통제가 더 효과적이라는 건 주지의 사실입니다. 그녀가 제게 한 고백이 사랑입니다. 전 사랑이 무엇인지를 알아요. 하지만 그녀는 결코 더는 저를 만나려고도, 제 말을 들으려고도 하지 않습니다."

"공교롭게도 일이 그렇게 되어버렸네요. 그래서 앞으로 어떻게 하실 건가요? 혹시 다시 그 행성으로 돌아가실 계획도 있으신가요?"

"잘 모르겠습니다. 제가 오늘 이곳을 방문한 이유이기도 하고요."

"네, 충분히 알겠습니다. 뭐 일단 오늘은 여기까지 하죠. 다음 예약은 일주일 뒤 같은 시간으로 할까 하는데……."

"혹시 제게 도움이 될 만한 처방을 해주실 수 있을까요? 다음 일주일을 기다리기에는 개인적으로 문제가 심각해서요. 전 모든 시공간에서 그녀를 찾습니다. 어떻게든 그녀의 마음과 교신하기 위해서요. 하지만 늘 실패하죠. 그때마다 제 마음은 텅 빈 우주를 삼킨 블랙홀과 같아요."

"일단 이 항우울제가 도움이 되실 겁니다. 약봉지만 들고 있어도 마음이 편안해진다는 환자분들도 계시죠. 환자분의 고향과 달리 자신의 태양을 한 바퀴 도는 데 일 년이면 충분한 지구는, 특히 이 대한민국은 굉장히 일의 전개가 빠른 곳입니다. 두 분이 만날 운명이라면 꼭, 곧 만나시게 될 거에요. 전 환자분이 이 항우울제와 새로운 사랑에 빠지기 전에 만나시기를 바랄 뿐입니다. 다음 주 같은 시간에 뵙겠습니다. 나가실 때 머리 위로 계속 올라가는 그 안테나 좀 접으시고요!"

*

산 정상에서 한 등산객이 말했어. "산 정상에 웬 모기? 산이 낮아 그런가 별일이군! 별일이야!"

그 모기는 실은 물줄기를 따라 끝내 산 정상까지 다다른 모험심 강한 모기였거든. 당연히 자존심이 상했겠지? 모기가 물었어. "세상에서 가장 높은 산은 어디에 있지?"

누군가 대답했어. "히말라야의 산들이 다 높지. 그 중에서도 에베레스트 산이 제일 높아. 8천 미터도 넘어."

모기가 말했어. "내가 그 산을 오를 거야."

누군가가 웃으며 말했어. "굳이 가겠다면 방법이 없는 것은 아냐. 우선 네팔로 가는 여행객의 가방에 붙어서 산 아래까지 당도할 수 있을 거야. 그리고 산 정상에 도전하는 등산가를 찾아야겠지. 하지만 그러려면 넌 인간의 말과 글부터 배워야 해. 어느 비행기가 네팔로 가는지, 누가 산 정상에 오르려고 하는지를 구분하려면 말이야."

모기가 말했어. "난 할 수 있어."

누군가가 다시 말했어. "네 꿈을 이루려면 정말로 많은 시간이 필요할 거야. 그러려면 무엇보다 모기의 평균수명부터 극복해야 할걸. 늘 그렇듯 사람들의 번개 손바닥을 피할 수 있는 재치는 물론이고."

모처럼 만의 색다른 대화 소재에 모두가 즐거웠어.

하지만 모기만은 진지했지.

"난 할 거야. 내 유일한 꿈이니까."

(5년 후)

 세계 최초로 히말라야 16좌 등정에 성공한 그도 이번 에베레스트 산 등반만큼은 쉽지 않았다고 한다. 믿기 힘들지만, 등반 내내 그를 괴롭혔던 것은 영하의 눈바람도, 고산병도 아니고 한 마리 모기였다고 하는데, 아닌 게 아니라 그의 코 한가운데에는 아직도 모기 물린 자국이 선명했다. [연합뉴스]

〈끝〉

배웅 나온 친구들을 남겨두고 부산역을 떠난 기차가 서울에 닿을 무렵에서야 내 가슴속 묵직한 뜨거움이 식기 시작했다. 그때 서울은 내 가슴에서 부산을 핵융합*해 만든 곳이었다.

태양이 빛나는 것은 태양 내부에서 수소를 태워 더 큰 원소인 헬륨을 만드는 핵융합이 항상 일어나고 있기 때문인데, 그 과정에서 발생한 에너지 덕에 지구의 모든 생명체가 살아가지만 그래도 헬륨은 늘 아쉬웠다. 태양이 핵융합해 만든 헬륨은 너무 가벼워 지구의 질량으로는 당겨올 수 없고, 자연 상태인 지구 대기에서 헬륨이 차지하는 비중이라고 해봤자 고작 0.0005프로에 불과했기 때문이다.

전 지구적 헬륨 부족 문제는 종종 서울에서의 내 웃음 부족 문제로 이어지곤 했다. 음성 변조용 헬륨가스를 마시면 목소리 톤이 가늘어져 누구라도 웃지 않을 수 없다.

---

* 둘 이상의 원자핵들이 하나로 합쳐져 더 커다란 원자핵을 만드는 것

사투리 단기 어학연수

깔쌈하다 형용사

① 잘 만들어지거나 가꾸어져서 아주 멋있다.

아이스크림 포장에 흔히 동봉되는 드라이아이스는 고체 이산화탄소다. 아이스크림 가게를 하는 부모님 덕에 내 유년 시절 가장 풍족했던 장난감이기도 했다. 이 드라이아이스를 상온에 두면, 신비한 느낌의 흰 연기를 내뿜으면서, 부피가 서서히 줄어들다 결국은 사라진다. '드라이아이스는 어디로 간 것일까?' 나는 그게 늘 궁금했다.

이처럼 고체가 기체가 되는 현상을 '승화'라고 하고, 반대로 기체가 고체가 되는 현상을 '증착'이라고 한다. 이것은 화학이다. 내가 서울에 있는 대학을 진학한 것도 학위과정을 서울에서 모두 마친 것도 이 화학 때문이었다.

상걸배이 명사

① 아주 비참할 정도로 불쌍한 거지 ② 행색이 지저분하고 초라하여 볼품없거나 남에게 빌붙어 사는 사람 등을 욕하여 이르는 말

생산 인구감소로 대한민국이 헌법 개정을 통해 미국식 지역자치제를 도입한 지 반의 반세기가 지났다. 외국인 노동자들이 영주권을 취득하고, 타 지역으로 이주하는 것을 막기 위한 고육지책으로 각 지역별 언어를 표준어로 지정하고 지역별 국어 교육을 실시한 것도 말이다. 지역 사투리는 강력한 진입장벽이 되어서 외국인 노동자뿐 아니라 내국인도 쉽게 이주를 마음먹기 힘들었다. 하지만 대한민국의 화학연구소들이 다 서울에 몰려있는 현실에서 화학도가 꿈인 열아홉 살의 나로서는 다른 선택은 불가능했다. 나는 서울 사람이 될 자신이 있었다.

보골채우다 동사

① 화를 돋우다 ② 짜증나게 하다

무보수 인턴을 포함 총 12년을 근무한 화학연구소에서 해고되었다. 인사팀에서 받은 문자 한 통으로 대한민국의 화학자로 늙겠다는 나의 꿈은 상온에 방치된 드라이아이스처럼 공기 중으로 승화되어 버렸다. 그걸 위로라고 '질량보존의 법칙' 운운만 안 했어도 당시 여

자 친구에게 홧김에 이별을 통보하는 일은 없었을 것이다. 그래도 그렇지 어떻게 같은 자리를 두고 나와 경쟁한 남자에게로 갈 수가 있단 말인가? 이 모든 게 발령지에 잉크도 마르기 전에 벌어진 일이다.

여럽다 형용사
① 나이나 격에 맞지 않아 체면이 깎이고, 떳떳하지 못해 부끄럽다

전임 임용에서 탈락했을 뿐 아니라, 보조연구원 계약도 갱신되지 않았다는 소식을 전하며 최 팀장님은 자기가 힘이 없어 미안하다고 했다. 그녀는 최종 인사위원회에서 내 서울말이 어색하다는 연구실장 김에 맞서 서울시도 서울말을 서울말 어미와 어휘로 정의하지, 정확한 서울말 억양까지 요구하는 것은 아니라며 내 입장을 강변해 주었다. 애초에 연구기관에서 행정직 인사팀장이 할 수 있는 일이 많지 않다는 것쯤은 나도 알고 있었다.

쑤구리다 동사
① 아래로 내리게 하다 ② 줄어들게 하다

서울 소재 모든 대학과 화학 관련 기업체에 지원서를 넣었지만 면접에서 번번이 낙방했다. 박사 학위를 가지고 번번이 실업급여를 신청하는 것도 민망해, 지방 노동청에 타 지방에서 구직활동을 해도 되

는지를 물었는데, 내가 서울시의 지방세로 지원받은 교육비와 주거비 보조금 전액을 반납하면 가능하다는 답변을 들었다. 캐나다 퀘벡 주가 프랑스어를 사용하는 이민자에 대한 우대 정책을 유지하는 것처럼 국제 표준에도 어긋나지 않는 정책이라고 했다.

등더리 명사
① 사람이나 동물의 몸에서 가슴과 배의 반대쪽 ② 물건의 위쪽이나 뒤쪽 부분

"중앙정부는 국방과 외교만을 담당할 뿐, 광역 지방자치단체가 '국가'이고, 지방조례가 '법'인 이 '미국식 지역자치제'는 사실 미국식이 아니다. 미국 뉴욕에서 공부한 사람이 미국 보스턴에서 취직할 수 없다는 말을 나는 들어본 적이 없다. 미국식이라면서 왜 매번 캐나다 사례를 드는 것인지도 모르겠고, 이러한 지방자치단체 간 담합행위가 왜 위헌이 아닌지도 난 이해할 수가 없다. 나의 기본권인 행복추구권이 침해되고 있는데도 말이다. 난 서울이 행복하지 않다." 표정 변화 하나 없이 업무 매뉴얼대로만 답하는 공무원들을 향해 나는 이렇게 외치고 또 외쳤다, 물론 마음속으로.

뻐떡하면 부사
① 조금이라도 무슨 일만 있으면 바로

부산역 광장에서 배웅 나온 고향 친구를 만나 "마주 보이는 저 산 이름이 뭐였더라?" 하고 물었더니, "부산!"이라고 짧게 답을 했다.

초량에서 부산진 방향으로 조금씩 차의 주행 속도를 올리며 내 안색을 살피던 친구가 애꿎은 서울 욕을 늘어놓기 시작했다.

"서울내기들 참 너무하네. 내가 이래서 부루마불을 해도 서울은 절대 안 산다."

"서울 안 샀다가 서울 걸리면 그걸로 게임 끝이다. 그리고 서울 사람 중에도 좋은 사람 많다. 지금 갈라는 데도 서울 예전 인사팀장님이 소개해준 기다."

"그렇게 버텨낸 서울인데 아쉽지는 않고?"

중학교 동창인 명헌은 서울의 한 대학병원에서 산부인과 인턴, 레지던트 과정을 밟는 내내 사투리를 쓴다며 환자와 의사들에게 항의와 지청구를 듣기 일쑤였는데, 지금 부산에서는 서울말 쓰는 다정다감한 의사로 소문이 나 환자들에게도 병원장들에게도 인기가 많다.

"아쉽지. 근데 지금은 부산말 레벨이 더 아쉬워."

"철들었네. 우리 진수. 아-들은 저녁에 광안리에서 보자 했다."

"일단 학원부터 가자."

"하모. 대연동이라 그랬제? 대연동 가봐라. 억수로 좋아졌다."

앵꼽다 형용사

① 밉살맞고 눈에 거슬리는 데가 있다. ② 마음 씀씀이가 치사하

고 박하다.

  어학원 복도에 걸린 액자 속의 시를 읽으며 상담 차례를 기다렸다. 시인의 이름이 어학원 이름과 같았다. 부산말 학원 복도에 시가 걸린 것도 뜬금없었지만, 꼭 그래야 했다면 부산말로 쓴 시여야 하는 거 아는가 하는 생각이, 별이 바람에 스치우듯,* 빠르게 머리를 스쳤다.

  "근데 학과장님은 부산말 안 쓰시네요."
  "전 상담직원이니까요."

  상담자로 나선 학과장은 방문자 맞춤형 상담을 위해 다섯 개 지역의 말을 구사한다며 자신을 소개했다. 서울, 부산, 울산, 경남, 경북 이렇게 말이다. 부산, 울산, 경남, 경북말은 어순이 같고 억양이 유사해 하나만 배우면 나머지는 금방 배울 수 있다고도 했다. 처음 듣는 말이지만, 어쩐지 수긍이 갔다. 캐나다 교환학생 시절에 같은 라틴어 계열의 모국어를 쓰는 학생들이 영어를 빠르게 배우는 것을 본 경험이 있다. 공인 어학 점수는 나보다 훨씬 못했지만, 실험실에서는 현지인 교수들과 스스럼없이 농담을 주고받았다.

  "농담입니다. 경북은 좀 다릅니다."

---
* 윤동주의 시, 〈서시〉 중에서

그는 내 고향이 어디인지부터 물었다.

"부산입니다."

"부싼입니다, 라고 하실 때는 확실히 부산 억양이 많이 있네요."

이 말은 서울에서도 종종 들었다. 다른 지역 말을 익히려면 그 지역 사람들의 말을 많이 듣고, 많이 따라 하는 것 외에는 달리 방법이 없는데, 고향이 '부산입니다'라는 서울말을 들어본 적이 없었으니 나로서도 어쩔 수 없었다. 그러고 보니 서울말 반말도 배우지 못했다. 듣기는 많이 들었으나 써 볼 기회가 없었다. 연구실에서 막내로만 12년을 지냈으니 이 또한 어쩔 수 없었다.

"고객님 레벨 테스트 결과 3등급입니다. 부산분이라 그런지 높은 레벨을 받으셨네요. 설명한 것처럼 3등급은 어휘, 억양, 종합 이렇게 3개월 과정을 이수하셔야 합니다."

"전 고향이 부산이고 고등학교까지 이곳에서 마쳤습니다. 종합반 정도면 충분하지 않을까요?"

"평가자 의견으로는 과도한 부산말 어휘 사용으로 번역이 부자연스럽고, 일본말과 부산말을 헷갈리는 경우가 있다고 하네요. 작성하신 답안지를 한 번 볼까요?"

<u>다음 문장을 부산말로 번역하시오.</u>

「추석 직후여서인지 달이 유달리 커 떨어질 것 같았어. 가지가 휘

어, 까치발을 하고 손을 뻗으면 잡힐 것처럼 낮게도 걸렸더라. 저 달을 따도 달리 둘 곳이 없어 손을 뻗지는 않았어.」

추석이라 글나, 달이 억수로 커가꼬 떨어질라카더라. 가지가 이빠이 휘서, 까치발로 손 내밀면 잽힐 것처럼 낮데. 저 달을 따도 짜달시리 둘 곳이 없어가, 마 놔두삤다.

"부산말 어휘를 많이 쓰는 것도 문제인가요? 그리고 뭐가 일본말인지……."
"여기 '이빠이'가 일본말입니다."
"국어사전에도 있는 말이고, 굳이 순서를 따지자면 부산에서 먼저 일본으로 간 거다."라고 답할 뻔했다. 언젠가 일본에서 학부를 나온 한 연구실 동료가 '튜브', '윗도리', '오징어채', '잔돈'을 뜻하는 부산말 '우끼', '우와기', '수루메', '주리' 모두가 일본말이라고 한 것에 대한 내 대답이었다. 과학자답게 과학으로 증명하자는 그의 말에 "만다꼬!"라고 호기롭게 반응하던 시절도 있었다. 지금은 물론 그럴 수 없다.
"전 다음 달까지 종합단계 레벨을 마치고 어학원 인증서를 제출해야 취업을 할 수 있습니다. 부산시에서 서울시에 학비 등을 상환하는 조건으로 지역 언어 우수자 자격으로 특별 취업을 하게 된 거라, 하여튼 제 사정이 좀 그렇습니다. 혹시 레벨 조정이 어렵다면 말씀하신 과정 모두를 한 달에 마칠 방법은 있을까요?"

"레벨은 최소 한 달에 한 단계씩 오를 수 있습니다. 이건 교육청과 시 당국이 조례로 정한 사항이라 저희도 어쩔 수 없어요."

"다른 방법이 없을까요?"

"음…… 그럼 이렇게 하시는 건 어떨까요? 이것도 사실 원칙은 아니지만, 레벨 테스트를 다시 받으시는 걸로요."

파이다 형용사

① 성질이나 내용이 보통보다 낮다 ② 도덕적으로 옳지 않다 ③ 해가 되는 점이 있다

"서울에서는 내 서울말이 이상타 하고, 부산에서 내 부산말이 이상타 한다."

"내가 들어도 니 부산말 이상타. 쏘울이 없다. 원래도 없었는데 내가 이자뿐 거 같기도 하고." 현경의 말에 모두들 웃음을 터뜨렸다.

어학원에서 사흘 뒤 레벨 테스트를 다시 받기로 했다는 말에 명헌은 바로 병원에 연락해 휴가를 냈다. 그의 계획은 이랬다. 친구들을 한자리에 모아 '사투리 단기 어학연수'를 하자는 것이다. 친구들 한 명, 한 명에게 전화를 건 명헌은 "우리 친구 아이가!"를 외치는 느낌으로 "우리 네이티브 스피커 아이가!"를 연거푸 외쳤다.

천지빼까리 형용사

① 대단히 많고 흔하다

　모처럼 고향 친구들이 모두 한자리에 모였다. 동안이 개업한 감자탕집에서 만나 동안까지 참석한 셈이 되었다.
　"여기 회사도 화학연구소가?" 신영이 우섭에게 국자를 건네주며 물었다.
　"탄소연구손데 그런 셈이지, 규모는 좀 작아도 연구 중심이라 나랑 더 잘 맞을 거라고 하더라."
　"봉급은?"
　"업계 입장에서는 여가 원격지라 봉급은 더 많다."
　"그람 됐다." 우섭이 자신의 그릇에 국물을 충분히 덜고 다시 국자를 신영에게 넘겼다.
　"근데 니는 12년을 일한 회사가 나가란다고 순순히 나왔나?"
　명헌이가 가위를 벌렸다 오므렸다를 반복했다.
　"그럼 어떻게 해?" 현경이 나를 대신해 나섰다.
　"큰소리라도 한 번 지르고 나왔어야지."
　"됐다. 내가 못난 걸 누구한테 뭐라 하겠노."
　"실장이 골프 접대 안 한다고 막 뭐라 했다매. 그런 거는 니 자리 잡고 하는 데 상관없었나?" 대환이 제법 경찰다운 말투로 추궁했다.
　"상관있지. 내가 '실장님 나이스 샷!' 이런 걸 열심히 했어야 했는데."
　"우리 진수 이제 철들었네."

우주에 존재하는 원소 질량의 대부분은 수소이고, 다음으로 많은 원소는 헬륨이다. 지금까지 존재가 확인된 118종의 원소 중 그 둘을 뺀 원소는 모두 합쳐도 1프로도 되지 않는다. 그렇다면 지구에서 가장 많은 원소도 수소일까? 지구 중심에 철이 다량으로 포함된 핵이 있을 것이라는 추정에 따르면 정답은 철이다. 말인즉슨 지구는 철들었다.

"니가 그런 썰렁한 소리를 하니까 회사에서 쫓기 나지."

우야꼬 의문문
① 어떤 방법이나 방식으로 할까? ② 어떤 모양이나 형편으로 할까?

"라벨 테스트는 우째 하노?"
형남이 내 맥주잔에 부산 지역 소주를 가득 채웠다.
"라벨 아니고 레벨! 라벨은 이런 데 막 붙이는 거!"
명헌이 자리에서 일어나 이틀간의 이 자리는 부산말 어학연수 과정임을 다시 한 번 주지시켰다.
"외국어 시험이랑 얼추 똑같다. 듣기, 필기. 구술 이렇게 3개 영역을 봐서, 결과는 10개 등급으로 나오는데 1등급이 나와야 취직이 된다네."
"난 그거 외국인 노동자들만 필요한 줄 알았다." 탁자 위 빈 그릇을 정리하던 동안이 말했다.

"우리처럼 부산에서 쭉 학교 나오면 다 면제인데, 진수 야가 화학 공부한다고 서울로 대학 가서 클 타 아이가."

"아이고 우리 진수 타향살이 하느라 애빈* 거 봐라."

신영이 메뉴판을 펼쳐 술과 안주를 더 주문했다.

은-다 동사

① 마음에 들지 않거나 하고 싶은 마음이 없다

부산말 능력시험에 응시해 일정 점수를 받아도 취업은 가능했지만, 시간이 없었다. 접수하고 시험을 치르고, 점수가 나오는 데 최소 두 달이 걸리는 반면, 채용 관련 서류 제출기한은 한 달 남짓 앞으로 다가와 내게는 다른 선택지가 없었다. 새 직장이 될 연구소에서 면접 합격 통보는 이미 받았지만, 채용서류를 기한 내 제출하지 못하면 만사 도루묵이 될 판이다.

경력증명서를 받기 위해 전 직장에 갔다가 복도에서 마주친 연구실장 김은 내가 마치 안 보이는 것처럼 목례도 받지 않고 지나갔다. 엘리트 코스만 걷던 그는 학계에서 경쟁 관계에 있던 대학 교수가 원장으로 부임하면서 변두리 보직을 전전했다. 3년간 그의 유일한 보조연구원이었던 나는 원장 퇴임 후 김이 다시 연구실장에 내정되자 혹 전

---
*'야윈'이라는 뜻의 부산 방언

임직 임용에 도움이 될까 내심 기대도 했지만, 현실은 반대였다. 오히려 사사건건 나를 배척하는 게 모두의 눈에 보였다.

    내가 사람들에게 자신의 못난 시절을 떠올리게 한다고 연구실장이 생각하는 것 같았다. 골프채나 양주 같은 것을 선물하는 것도 방법이 될 거라는 인사팀장의 현실적인 조언도 있었지만, 나는 그렇게까지는 하고 싶지 않았다. 나는 화학만으로도 충분히 전임이 될 자신이 있었다.

꼽표 명사
① 엑스(X) 기호

    결과는 다들 알다시피 일본대학 학부 출신의 동료 보조연구원이 전임으로 임용되었고, 양성자가 음전하를 가진 전자를 당기듯 그에게로 당시 여자 친구도 떠났으며, 보조연구원 계약도 갱신이 되지 못했다. 수학적으로는 불가능한 일이 아니었으므로, 만일 시간이 주행 방향을 바꿔서, 다시 그때로 돌아가면 김에게 골프채나 양주를 선물해야 할까?를 고민해 보았는데, 역시 그렇게는 하고 싶지 않았다. 그런 일은 화학에 대한 모욕이기 때문이다.

엥가이 부사
① 수준이나 정도가 꽤 상당하게 ② 수준이나 형편이 기준에서 크

게 벗어나지 않은 정도로 ③ 수준이나 정도가 보통이거나 그보다 약간 더한 상태로

'사투리 단기 어학연수'는 이틀간에 거쳐 진행되었다. 광안리에서, 남천동에서, 대연동에서, 해운대에서, 서면에서, 남포동에서, 부대 앞에서, 경성대 앞에서, 연산동에서, 기장에서, 송도에서, 밥집과 술집을 옮겨가며 식사 메뉴와 술과 안주를 바꿔가며 그 장소에서의 우리의 추억을 소환해 계속 수다를 떤 게 전부이지만 말이다.

문득 오래전 이 친구들을 떠올리며 쓴 글을 메일함에 저장해 둔 것이 기억나 찾아보았다. 내 스무 살의 감정이 담긴 메모를 읽자니, 가슴 한편이 뜨거워졌다. 내 가슴 속 작은 서울을 핵융합해 더 큰 부산을 만들기라도 하는 듯 말이다.

두 손에 남은 네 체온이 식기전에
차창 밖 풍경이 벌써 낯설다

깊숙이 기댄 창가 멀리로
오늘밤 늦어진 네 귀가길을 그려보는 동안
기차는 간이역을 멈춤없이 지나쳐간다
이 기차가 멈추면
더 이상 네 일상에는 내가 없으니

나는 기차가 영원히 달려가라고
흐린 창에 네 이름과 네 이름들을 써내려본다

이틀째 되는 날 밤 달맞이고개에서 내 부산말에 쏘울이 되살아났다며 현경이 모두에게 선포했다. 신영과 형남이 "진수 살아있네!를 외치며 만취해 비틀거리는 날 택시에 태워 보냈다. 헬륨(He), 탄소(C), 산소(O), 규소(SI) 또 어떤 무겁고 큰 원소를 만드는 중인지. 우리은하의 별들이 핵융합 과정에서 발산한 빛이 부산의 새벽하늘에서 아름답게 반짝였다.

코따까리 명사
① 콧구멍에 코의 진액과 먼지 따위가 섞여 말라붙은 딱지 ② 아주 작고 보잘것없는 것을 비유적으로 이르는 말

시간이 아직 일러서인지 어학원 로비가 한산했다. 안내 직원에게 다가가 내 이름을 밝히자, 이내 지난주에 만난 학과장이 나와 오늘은 원장실에서 테스트를 진행할 거라며 복도 끝 한 사무실로 나를 안내했다.
원장실 문을 열자 한 초로의 남자가 뒤돌아선 채로 창밖의 도심 풍경을 주시하고 있었다. 원장실에서 테스트를 진행한다는 말은 원장이 테스트를 진행한다는 뜻이었구나, 부지런히 머리를 굴리는 낯선

인기척에도 침묵하던 그는 이내 돌아서 반갑게 나를 맞았다.

"어, 왔나."

"원장님, 안녕하십미꺼?" 헬륨가스를 마신 듯 한층 높아진 내 말투에서 뭔가 전에 없던 부산의 쏘울이 스스로에게도 느껴졌다.

"합격!"

"예?"

"프러넌세이션 굿!"

"보케블러리 굿!"

"악센트 굿!"

"합격!"

원장은 말할 때마다 엄지손가락을 들어 보였다.

"이름이 진수라고? 진수야! 서울에서 애 마이 무째? 부산 아-들이 자리잡느라 이래 애를 묵는데, 부산이 뭐라도 해야지 않겠나? 뿌리를 내릴 수 있게 말이다. 어린 상춧잎을 딸 때는 뿌리가 안 흔들리게 다른 손으로 가지를 꼭 붙잡고 따야 한데이. 나무가 지혼자 높기만 하면 뭐하겠노. 땡볕에 그늘을 줘야지."

"……"

"내 지난주에 니 얘기 듣고, 여기 아-들한테 단디 뭐라했다. 어휘? 억양? 종합? 뭐라케쌌노? 진수 야가 부산에서 태어나 여서 고등학교까지 나왔는데, 몇 시간 시험 봐서 자격증 따고 한 몇 년 부산말 썼다고 뭐? 부산, 울산, 경남, 경북말은 어순이 같아서 하나만 배우면 된다고? 내 코따까리나 무라."

서울에서는 12년을 두드려도 열리지 않던 문이, 부산에서는 인사 한 번에 활짝 열렸다.

"지난주에 니 시껍했제. 나가면 김 과장이 인증서 내줄끼다. 법에도 조례에도 다 맞는 거니까 걱정하지 말고."

허리 숙여 "감사합니다!"를 몇 번이나 말하고 싶었지만, 뜨거운 뭔가가 올라와 목이 메어버렸다. 그 뜨거운 무언가는 분명 부산이었을 거다. 화학적으로 어떤 물질이 뜨거워진다는 것은 그 물질을 구성하는 분자의 움직임이 빨라졌다는 뜻, 모든 것이 빠른 부산은 뜨겁다.

"그래도 상담지에 뭐 하나는 써야지. 진수 니 부산말 중에서 뭐가 제일 아름답더노? 하나만 말해 봐라."

"제가 생각하는 제일 아름다운 부산말은……."

"응, 그래 뭐고?"

"부싼입니다."

꾸롱내 명사
① 똥이나 방귀 냄새와 같이 고약한 냄새

새 직장 호봉산정용 경력증명서도 떼고, 인사팀장께 감사 인사도 제대로 할 겸 다시 들른 전 직장에서 우연히 연구실장 김을 만났다. 오늘은 내가 보이는지 먼저 다가와 "진수, 부산 사투리 잘 배우고 있냐?" 비웃듯 말을 건넸다. "전 직장 상사 만나러 오면서 맨손으로 왔으니 부산 사투리라도 한번 해봐라." 복도를 지나는 직원들 들으라는 듯 말이다. 명헌이 말대로 오랜 청년 백수 생활로 내가 철이 들었는지, 마지막으로 철(Fe)이 합성되면 초신성 폭발을 일으키는 별처럼 대답했다.

'남 보기에 깔쌈한 일 얻겠다고, 내가 상걸배이도 아니고 등더리 보이도록 쑤구리는 일은 암만해도 여럽다. 뻐득하믄 그런 걸 요구를 하는 당신 같은 어른도 참 앵꼽다. 파이다. 그런 일이 천지빼까리라고 해도 말이다. '그람 우야꼬?' 나한테 백 번 물어도 내 답은 하나다. 은다! 꼽표다! 그런 꾸룽내 나는 짓은 엥가이하고, 내 코따까리나 먹어라.'

그날 난 전 직장의 복도에서 '사투리 단기 어학연수'를 통해 익힌 부산말을 외치고 또 외쳤다. 물론 있는 힘껏, 부산의 쏘울을 담아.

∞

부산 명사
① 대한민국의 제2의 도시이자 제1의 무역항 ② 대한민국의 시인, 「부산」 부산어학원장

그날 원장실을 나와 어학원 복도에 걸린 시를 다시 읽어보았다. 천천히, 또박또박 읽어서인지 뜬금없었던 처음과 달리, 학원 복도에 시가 걸린 것이 부산 밤하늘에 걸린 달처럼 자연스럽게 느껴졌다. 달은 날마다 모양이 달라진다. 나는 노상* 그날의 달이 생각날 때면 제자리에서 통통 뛰어 본다.

장미와 찔레꽃

부산

자전거 바퀴에 바람을 넣느라 한참을 씨름하고 나서는데, 아파트 관리소 아저씨가 바퀴를 들어 튕겨서 통통 튀면 다 들어간 거라고 넌지시 말을 건네고 가신다. 통통, 자전거가 튄다

봄날의 강변에는 올해 들어 처음 핀 장미
찔레꽃도 피었다

활짝 핀 붉은 장미와
새하얀 찔레꽃
힐끔힐끔

---
* '늘'이라는 뜻의 부산 방언

한눈을 팔다가
오르막길을 앞두고 미리 속도를 내어두지 않아
오늘도 꾸역꾸역 오르막을 오른다

젊음도 이랬다. 나 다시 돌아가면,
그래도 장미와 찔레꽃밭에 폭, 온몸 던지리

전날 만난 친구가 어린 아들이 욕을 자꾸 해서 혼을 내었는데, 왜 욕을 하나 궁금해 자기도 해봤더니 마음이 후련하더란다. 바람 타고 붕붕 내리막길을 달려가는 이 자전거처럼?

어쩌면 하나님일지도 모른다. 아침에 만난 그 관리소 아저씨는. 성경책의 종이가 얇아서인지 하나님은 늘 넌지시 말을 건네신다.

거치대에 자전거를 쉬게 하고
일터로 가기 전에
빽빽한 어깨도 돌려보고, 허리랑 무릎도 돌려보고
제자리에서 뛰어도 본다.

통통, 자전거가 튄다.

〈끝〉

〈대연그룹 부당경쟁방지법 위반 사건〉에서 국세청 측 주장 개요는 다음과 같다. 애처가로 유명한 김남길 전 대연그룹 회장이 아내를 꼭 닮았다는 이유만으로 셋째 아들을 자신의 후계자로 선정했고, 이는 부당경쟁방지법상의 수혜에 해당하므로 증여받은 주식에 대한 증여세 납부 시 추가 세율로 계산하여야 하고, 또한 이 부분 신고 누락에 따른 가산세도 납부하여야 한다는 것이다.

이 사건 원고, 피고의 제 주장 사실을 통해 확정된 소송 쟁점은 총 178개이며, 인공지능이 입증 정도를 판단한 결과 이 중 대부분에서 원고, 피고 모두 50대 50의 점수가 나왔다. 전문가들은 이러한 결과가 외모를 이유로 부당경쟁방지법 위반을 다툰 선례가 전혀 없었기 때문이라고 한다. 누구 말마따나, 더는 AI가 할 수 없다면, 이제는 어른이 아니 인간이 나서야 할 때인 것이다.

전체 쟁점 수에 구애됨 없이 핵심 쟁점만 간추리면 딱 세 가지이다.

첫째, 전 회장의 아내 사랑은 얼마나 유별난가?

둘째, 셋째 아들과 그의 어머니의 외모는 얼마나 유사한가?

셋째, 다른 형제들과 비교했을 때, 셋째의 경영자로서의 능력은 어떠한가?

전 회장의 아내 사랑이 소문만큼 특별하지 않거나, 현 회장과 어머니 외모에 닮은 점이 없거나, 다른 형제들과 비교해 현 회장의 최고경영자로서의 자질이 우수하다면, 이 중 하나만 입증에 성공하면 이 소송의 승리는 대연그룹의 것이 된다.

반면 상대인 국세청은 이 세 가지 모두를 입증해야 승리할 수 있다. 입증책임의 수적 열세에도 지금까지 법조계의 대체적인 관측은 국세청의 승리를 점치고 있다. 전 회장의 사별한 아내에 대한 사랑은 워낙에 각별했고, 두 사람의 얼굴은 성별이 다른 것 빼고는 증명사진처럼 닮았으며, 다른 형제들과 달리 셋째는 지금껏 학계에 있었기에 자신의 경영 능력을 증명할 기회조차 없었기 때문이다.

대연그룹의 배심원 변론 변호사로 선임된 내가 이 사건과 관련하여 소송 전문 탐정인 해룡에게 심층 조사를 요청한 사항도 딱 세 가지이다.

첫째, 재벌이라면 응당 출생의 비밀이 있어야 한다.

둘째, 후계자 선정을 앞두고 반드시 형제간의 암투가 있다.

셋째, 집안의 반대로 이루지 못한 숨겨진 사랑이 있다.

이 세 가지는 모든 사람이 재벌가를 두고 늘 듣기 원하는 이야기이다. 나는 배심원들이 법정에서 꼭 듣고 싶어할 이 이야기들을 그들에게 들려주고 또 한 번 승리를 이어갈 생각이다.

콜레라 말고 코로나 시대의 사랑

내 패밀리 라인에 등록된 사람이 걸어온 전화는 주변 블루투스 스피커를 통해 곧장 목소리가 들려온다. 내가 통화 버튼을 누르지 않아도 마치 옆에 있는 사람이 말을 걸듯 말이다.

"축하해요. 형. 대한민국 유일의 승률 100프로 변호사가 되셨네요."

해룡이 패밀리 라인으로 말을 걸었다. 해룡은 내 소송 전문 탐정으로 대연그룹 부당경쟁방지법 위반 사건 해결의 결정적인 역할을 했다.

"고맙다. 다 네가 찾은 증거들 덕분이지 뭐."

"나야 형이 준 지도로 찾은 것뿐인데. 뭘 또 새삼스럽게."

해룡은 그룹 내 내부 고발자를 통해 대연그룹 셋째 아들이 몇 번의 성형수술을 통해 어머니와 똑같은 외모를 갖게 되었다는 것을 밝혀낸 데 이어, 전임 회장의 문집 속 글들에서 힌트를 얻어 그에게 사별한 아내 외 다른 숨겨진 사랑이 있었다는 것도 알아냈다. 또한 이를 눈치챈 셋째 아들이 아버지 모르게 그녀의 편안한 노후를 보살펴 준 것도 말이다.

"근데 셋째가 성형수술은 왜 한 거래? 아버지가 사랑하는 사람이 따로 있었던 거잖아. 후계자가 되는 데 그게 전혀 중요한 것도 아니었고."

"어머니가 완벽한 미인이셔서, 자기 얼굴에서 뭔가 부족한 부분을 보완하는 데 참고했나 봐요."

"부자가 더한다더니, 잘생긴 사람이 더하네."

"그건 그렇고, 이제 말해 줘야죠?"

"뭘?"

"아, 또 이런다. 형이 왜 이 소송을 하게 되었는지 소송 끝나면 말해 주기로 했잖아요."

"아. 그거. 그야 말해 줄 수 있지. 지금? 얼마나 자세히?"

"나 탐정이잖아. 처음부터 끝까지. 단 하나도 빼놓지 말고."

"좋아. 두 달쯤 전이었나, 여느 날처럼 자전거로 사무실로 도착했는데……'

출근과 동시에 AI 비서 '마리아'가 부재중 메모를 전달했다. 마리

아는 뮤지컬 〈웨스트 사이드 스토리〉의 여주인공 이름과 같다. 뮤지컬 속 유명한 노래인 〈오늘밤(Tonight)〉의 가사, '나의 두 눈, 나의 말, 내 모든 몸짓엔 당신이 담겨 있네!'에서 영감을 얻어 내가 붙인 이름이다.

「오후 2시. 대연그룹 고문변호사 면담 요청」 메모를 확인하고 「일정이 없으면 가능!」 버튼을 눌렀다. 나머지는 마리아가 다 알아서 할 것이다.

「커피」 버튼을 눌렀고, 마리아는 쓴맛, 신맛 중 어느 원두를 원하는지를 확인했다. 내가 좋아하는 맛이 쓴맛인지 신맛인지가 늘 헷갈려 「늘 먹던 것으로」 버튼을 따로 생성해 눌렀다. 5분쯤 후 건물 1층 카페에서 에스프레소 한 잔이 사무실로 배달되었고, 위스키를 넘기듯 에스프레소를 한입에 톡 털어 넣었다.

입 안 가득 신맛이 났다.

'대연그룹'을 키워드로 뉴스 검색을 했다. 예상대로 '부당경쟁방지법 위반', '장동건 소송사건' 일색이다.

부당경쟁방지법은 자신의 후천적 노력 없이 얻은 모든 종류의 이익에 대해 세금을 부과하는 법률이다. 예를 들면 부잣집에서 태어나 평균 이상의 교육 혜택이 있었다면 취업 후 평균적 수준의 교육 혜택을 받은 사람들보다 높은 세율의 세금을 내야 한다. 똑똑한 머리, 타고난 재능 등으로 얻은 수혜도 마찬가지이다. 수혜와 이익 사이에 인과관계가 있다면 무엇이든 말이다. 세금은 신고납부여서 과세당국에 신고 누락 사실, 그러니까 법률 위반이 확인되면 높은 징벌적 가산세가 부과된다.

공명정대한 사회를 만들겠다는 명확한 법률제정 취지에 반해 과세대상이 다소 모호해 법 시행 초 많은 사회적 논란이 있었다. 결코 잘생겼다고는 할 수 없는 한 개그맨이 이를 개그 소재로 활용했다. "장동건 같은 내 얼굴이 항상 날 돋보이게 해주었지. 인정할 건 인정하자. 난 장동건법을 준수하겠어!" 그가 각오를 다질 때마다 객석에서 큰 웃음이 쏟아졌다. 많은 이들이 이 법의 이름을 '장동건 법'으로 기억하는 건 아마도 이 개그 코너 때문일 것이다.

남자는 자신을 대연그룹의 고문변호사이면서, 대연그룹 부당경쟁방지법 위반 사건의 서면 담당 변호사라고 했다. 이 사건은 부당경쟁방지법 제정 이후 최초로 '외모'를 수혜 대상으로 적용한 데다 영화 같은 러브스토리에, 뛰어난 외모의 재벌 후계자에 대한 세간의 관심까지 더해져 바야흐로 대한민국이 불타올랐다.

"아직 발표 전이지만 '대연그룹 부당경쟁방지법 위반 과세처분 취소소송 사건'의 AI 판결이 동점으로 나왔습니다."

AI 판결이 무승부가 되면 배심원을 대상으로 한 승부차기가 열린다. 사내위 김지성 위원장은 이를 축구 승부차기에 비유했다. 그렇다고 진짜 축구장에서 열리는 것은 아니다. 원고, 피고가 지정한 변호사가 비중이 가장 높은 다섯 개의 무승부 쟁점을 두고 배심원 앞에서 공개 변론을 해서 세 골, 아니 세 표 이상을 받은 쪽이 승소하게 된다. 배심원 표결은 AI 판결 근거가 되고 자동으로 AI 판사의 최종 판결이 뒤따른다. 배심원 수는 홀수인 11명. 어떤 경우에도 무승부는 없다.

"변호사님께서 열심히 준비하셨을 텐데, 유감이네요."
"그래서 저희 대연그룹에서는 부당경쟁방지법 전문가인 황비 변호사님께 이 사건의 배심원 구술변론을 부탁드리고자 실례를 무릅쓰고 직접 찾아뵙게 되었습니다."
"오해가 있으신 것 같은데요. 전 국세청 소송대리인입니다. 그쪽에서만 활동했고, 지금도 고문계약 중입니다."
"회장님께서는 제게 변호사님이 절대 대연그룹의 요청을 거절하지 않을 확실한 제안을 하고 오라고 하셨습니다."
"제가 절대 거절하지 않을 그 제안이라는 게 뭘까요?"

"그래서 그 제안이라는 게 뭔데?"
뮤지컬 〈웨스트 사이드 스토리〉 음악이 거실 전체에 공기처럼 고르게 퍼져나가는 나의 편안한 밤을 일시 정지시키는 해룡의 목소리가 들려왔다.

"14K 금반지."

"금반지? 승률 100프로 변호사 수임료로 금반지? 18K도 아니고 14K?"

"수임료는 따로 있고. 해룡이 너 혹시 예전에 내가 한 여자랑 헤어지면서 어떤 선물을 했다고 한 거 기억나?"

"기억하지. 형 배신하고 부잣집에 시집갔다는 여자에게 뭘 선물했다고 했잖아. 금반지를 선물했다고 한 거 같은데……. 그 금반지? 그게 왜 그 대연그룹 고문변호사 주머니에서 나와?"

"내가 금반지를 준 여자가 지금 대연그룹 회장 부인이거든."

"이 설정 지나치게 소설 같다. 가난한 예술가 남자를 떠난 여자가 재벌가로 시집을 가고, 그 재벌가에 위기가 오자 훗날 능력자가 된 옛 연인을 찾아와 도움을 청한다?"

"내가 변호사가 된 게 더 소설같지."

"그래서 진짜 이 사건 맡으려고?"

"약속은 약속이니까."

"그 금반지에 도대체 무슨 의미가 담겼기에? 도대체 뭘 약속한 건데?"

"이 소송에 이기면 그때 말해 줄게."

"그냥 지금 이야기해줘."

"그럼 소설 재미없지."

"좋아. 그건 그렇고 그쪽에서는 왜 반지를 보여만 주고 다시 가져간 거야?"

"승소하면 성공 보수로 주겠대. 반지만 받고 변론을 아무렇게나 할 위험에 대한 보험인 셈인지."

"아, 역시 재벌! 그래도 승률 100프로의 변호사를 믿어야지. 너무했네."

"상대방 변호사도 승률 100프로야."

AI 재판에서도, 배심원 변론에서도 변호사는 자신만의 무기가 있어야 한다. AI 판사는 변호사의 학력, 경력, 출생지, 외모, 성별에 관심을 두지 않는다. 공정이 사회를 움직이는 유일한 동력인 사회에서 배심원들도 더하면 더했지, 덜하지는 않다.

소설가 지망생 출신의 나는 강점인 스토리텔링을 무기로 배심원 공개 변론에서 승승장구했다. "인간은 이야기로 사회를 이해하는 존재다."라고 말한 사람은 언어학자 존 닐이고, "배심원은 이야기로 사건을 이해하는 존재다."라고 말한 사람은 나, 변호사 황비이다.

단 하루에 이루어지는 배심원 변론에서 배심원들이 사안을 정확히, 입체적으로 이해하고 자신의 표결에 100프로의 확신을 주는 것은 오직 하나, 스토리뿐이다.

자신만의 무기가 노래인 변호사도 있다. 이 소송에서 국세청을 대리할 옥수현 변호사 말이다. 뮤지컬 배우 출신인 그녀는 변론이 절정에 닿으면 노래로 변론을 마무리하는 다소 믿기 힘든 전략을 구사한다. 배심원의 관심을 높일 뿐 아니라 가사 전달력도 정확해 늘 기대 이상의 성과를 올렸다. 사람들은 노래의 힘이라고 하지만, 그 또한 사실 스토리텔링이라는 것을 나는 안다.

대한민국의 변호사 중에 패소 경험이 없는 변호사는 그녀와 나 단 둘뿐이다.

"그래서 진짜 이 변론 한다고? 소송 내용도 파악 안 됐잖아. 국세청하고 계약은 또 어떻게 하고?"
"내용 파악은 해룡이 너만 믿을게. 내가 몇 가지 일러줄 테니 거길 집중적으로 파보면 뭐가 나올 거야. 그리고 국세청과의 계약은 언제든 해지할 수 있어. 안 그래도 마리아에게 고문 계약 해지 요청을 하라고 했는데, 확인해 보자! 오케이. 해지되었다."
"이 무슨 소설 같은 전개람."

해룡은 소송사건 전문 탐정이다. 탐정으로서의 능력이 출중해 여기저기서 스카우트 제의가 있지만 자유로운 영혼이라 자신의 이름이 어딘가에 매이는 것을 싫어했다. 개인사업자 포지션을 선호한다는 면에서 나와 특히 잘 통했다.

"잠깐만, 잠깐만."

손사래를 치며 해룡이 내 말을 끊었다.

"나도 다 아는 이야기잖아. 지금부터 형이랑 나랑 증거 찾고, 소송 전략 짜서 배심원 변론에서 3:0으로 완승한 것까지. 그리고 대연그룹에서 14K 금반지랑 큰 사례금을 주었는데 형이 금반지만 받은 거. 다 알아. 형이랑 나랑 같이했으니까! 내가 궁금한 건 그 금반지에 도대체 무슨 의미가 담겼고, 도대체 뭘 약속했길래 형이 이렇게까지 했냐는 거지."

"자세히 해달라고 해서 했더니. 좋아. 그럼 내가 왜 이 소송을 하게 되었는지 그것만 말해 줄게."

"얼른 해. 답답해서 숨넘어가겠다."

"해룡이 너 혹시 가브리엘 가르시아 마르케스의 소설 〈콜레라 시대의 사랑〉 읽었어?"

"내가 책 읽는 거 봤어? 근데 그 소설이 왜."

"그 소설의 주인공과 같은 결심을 했었거든. 내가."

"무슨 결심을? 잠깐만 검색 좀 해보자. 토니! 가르시아 마르케스의 〈콜레라 시대의 사랑〉 줄거리 좀 요약해줘."

토니는 해룡의 AI 비서로, 뮤지컬 〈웨스트 사이드 스토리〉의 남주인공 이름과 같다. 마리아와 서로 사랑했던 그 토니 말이다.

"맙소사! 그러니까 형이 '플로렌티노 아리사'인 거지? 대연그룹 회장이 '후베날 우르비노 박사', 그 여자분이 '페르미노 다사'인 거고. 형! 아직 그 여자 못 잊었구나? 그 여자 남편 죽을 때까지 기다려서 그 여자분이랑 결혼하려고? 그 금반지가 그런 의미였어? 청혼?"

"토니가 책 요약 잘하네."

"아! 이제 다 이해가 되네. 자식도 없는 총각이 뭘 그리 건강하게 오래 살겠다고 운동 절대 안 빼먹고, 좋다는 음식 다 찾아 먹으면서, 철철이 보약까지 지어 먹나 했네. 이거였어. 이거였어. 그 회장보다 반드시 더 오래 살겠다는 결심!"

"변호사란 응당 미래의 의뢰인을 위해 항상 최선의 몸 상태를……."

"됐고. 근데 그 재벌 회장은 형이 그 여자분에게 금반지 준 걸 어떻게 알게 된 거야?"

"고문변호사 말로는 남편이 신혼 때 그 반지 이야기를 듣고는 잘 간직하고 있으라고 했대. 약속은 어음과 같아서 부도나기 전까지는 다 자산이라고."

"그래도 이상한데. 그 여자분은 그걸 왜 남편에게 가서 이야기한 거지? 혼전계약서에 재혼하려면 허락을 받아야 한다고 적혀 있나?"

"내가 반지 돌려달라고 내용증명을 보냈거든."

그 금반지는 황씨 집안 첫째 며느리들 사이에 17대째 전해 내려오는 집안의 보물이다. 삼 형제 중 막내인 나는 우리 집안의 유서 깊은 이 전통을 모른 채 엄마의 패물함에서 없어져도 모를 것 같은 이 반지를 훔쳐 그녀에게 이별의 선물로 건넸다.

왜 그랬냐고? 그때나 지금이나 '이야기'에 미친 나는 혹시라도 근사한 이야기가 될 법한 경험이라면 그 어떤 미친 짓도 마다하지 않았다. 나를 떠난 여자에게 건넨 금반지가 훗날 나에게 또 어떤 금빛 찬란한 이야기로 돌아올까 하는 기대가 담긴 미친 짓 말이다.

큰형수 말마따나 이 모든 기대가 '말짱 황'이 될 줄은 나도 몰랐다. 황씨 집안 대대로 내려오는 반지 이야기에 매혹되어, 오직 그 반지를 얻겠다는 일념으로 황씨 집안에 시집을 온 큰형수는 반지가 사라졌다는 말을 듣고 충격으로 몸져누웠다. 온 집안에 난리가 났음은 물론이다.

나는 소영을 찾아가 사정을 설명하고 금반지를 돌려달라고 했지만, 단번에 거절당했다. 큰형과 함께 찾아간 변호사 사무실마다 조건을 걸지 않은 증여는 취소할 수 없다는 같은 말만 되풀이했다. 이 사건으로 나는 마침내 소설가의 꿈을 접고, 반지원정대의 일원에 합류, 아니 변호사의 길을 걷게 되었다.

변호사 시험에 합격 후 소 제기 전 최종 통보라며 그녀에게 내용증명 우편을 보냈는데, 연인 간의 증여이므로 자신에게는 반환 의무가 없다는 답변이 왔다. 연인은 개뿔!

"하지만 법적으로는 다 맞는 말이야. 내가 변호사라서 잘 알지."
"다 좋아. 근데 이게 〈콜레라 시대의 사랑〉인가 하는 소설과 무슨 관계가 있는데?"
"내가 되찾을 결심을 했다는 거지."

소송이 끝나고 대연그룹 회장의 저녁식사 요청은 거절했다. 고문변호사를 통해 금반지를 돌려준 것 외에도 성형수술에 관한 비밀을 지켜주어서 고맙다는 뜻이 담긴 선물을 전달받았다. 어차피 의뢰인의 동의 없이 공개할 수 없는 개인정보인데도 선물까지 보낸 데는 반드시 이 비밀을 지켜달라는 뜻도 있는 것 같아, 더는 거절하지 않았다.

"재벌들이란! 근데 형, 지금 생각해도 그 장면 너무 웃기지 않아?"
"입장하다 재판연구관에게 혼난 거?"

배심원 공개 변론에서 변호사는 법정에 입장할 때 자신의 변론전략을 담은 음악과 함께 등장한다. 이 소송에서 내 스토리텔링 전략은 '반전'이었고, 나는 이를 영국 헤비메탈 밴드 주다스 프리스트(Judas Priest)의 〈규칙을 깨라(Breaking the Law)〉에 담았다.
변호인 등장을 마치자 AI 판사 대신 법정 질서를 관장하는 재판연구관이 양측 변호인을 불렀다.
"원고 측 변호인! 아무리 그래도 신성한 법정에서 〈규칙을 깨라!〉가 뭡니까?"
"판례와 대법원 규칙에 따르면 변호사 등장 음악에 대해서도 표현의 자유가 인정됩니다."
"내가 그걸 몰라서 하는 이야기가 아니고……, 알았어요."
재판연구관의 지적은 피고 측 변호사 등장에서 받은 감동이 금세 식어 버린 것에 대한 에두른 항의였을 것이다. 앞서 피고측 옥수현 변호사는 자신이 주연한 뮤지컬 〈사랑, 이렇게 보낸다〉의 엔딩곡을 자신이 직접 부르며 등장했고, 방청석 이곳저곳에서 눈물을 훔치는 사람까지 있었다.

"아니, 재판 전날 대연그룹 변호사가 찾아왔을 때 말야."

뭐니 뭐니 해도 이번 소송에서 최고 반전은, 애처가로 소문난 선친에게 다른 사랑하는 여인이 있었다는 사실을 공개할지를 두고 의뢰인 측의 의견을 구했을 때였다. 고문변호사가 직접 찾아와 의뢰인의 의사를 명확히 확인해주었다.

"아시는 것처럼 소송위임계약서상 변호사는 의뢰인의 사회적 명성을 떨어뜨리는 일체의 행동을 할 수 없습니다. 회장님께서는 이 문제는 자기보다 선친의 명예와 관련이 있어서 소송에 지고 후계자 자리를 다른 형제들에게 내어주는 한이 있더라도 절대 세상에 밝힐 수 있다는 입장입니다."
"밝힐 수 없다는 말씀이신 거죠?"
"아니, 밝힐 수 있다는 입장입니다."
"……."

이렇게 우리는 이 소송에서 승리했다.

"근데 형, 그 소영이라는 분 소송 끝나고 연락 왔어?"

"아니, 그쪽이 나하고 연락할 일은 없지."

"그래도 형 예전에 그렇게 지질했는데, 지금은 이렇게 변호사로 승승장구하는 모습 보여주면 좋잖아. 너 떠나고 내가 얼마나 잘되었는지 봐라. 뭐 이런 거."

"남편이 대연그룹 회장인데. 변호사가 뭐라고. 소설가라면 모를까."

"그래도 뭐 옛 연인이 잘되면 좋잖아. 난 그렇던데 형도 그렇지 않아요?"

"안 되는 것보다야 무조건 잘되는 게 좋지."

"근데 그 소영이라는 분은 어떤 분이에요? 뉴스 기사에서 가끔 얼굴은 봤는데 정말 미인이시더라."

"미인이지. 순수한 면도 많고. 예전에 그 친구랑 찍은 사진을 본 사람마다 옆에 미인이 누구냐고 물었어."

"이번이 어쩌면 그 예쁜 얼굴 마지막으로 한번 볼 기회인데 서운하지는 않고?"

"안 보는 게 좋아."

"왜?"

같은 어둠이라도 낮 동안 태양이 잔뜩 달궈둔 지구의 여름밤과 제법 시간이 지난 새벽은 다르다. 그래서 여름철이면 같은 어둠이라도 뜨거운 밤을 피해 새벽 시간에 자전거를 탔다. 처음에는 시원했던 공기가 동쪽 하늘에 해가 뜨면 금세 데워져, 어느새 이마에 송글송글 땀방울이 맺힌다.

"안 보는 게 좋아. 머리로 아무리 아니라고 해도 막상 보면 바뀔 수 있으니까."
"……."
"왜?"
"이상한데."
"뭐가?"
"뭔가 남은 게 있는 것 같은데. 되찾으려고 한 게 진짜 금반지 맞아?"
"맞지 그럼. 그 반지가 무려 한 집안에서 17대를 내려온 거다. 임진왜란, 병자호란, 일제강점기, 남북분단에 IMF 구제금융 시절 금 모으기 운동까지 다 겪으면서도 팔지 않고 지켜온 거란 말이다. 뭐, 콜레라 시대의 사랑? 웃기지 말라고 그래. '플로렌티노 아리사'가 자신의 첫사랑에 바친 반세기는 그에 비하면 아무것도 아닌 시간이야."
"임진왜란은 아닌 것 같은데……."
"싱거운 소리 그만하고, 오랜만에 마리아와 토니가 함께 부르는 노래나 듣자."

"흥분하는 것도 그렇고, 말 서둘러 끝내는 것도 그렇고…… 수상한데."

"마리아! 토니랑 〈웨스트 사이드 스토리〉 발코니 장면 불러줘."

"알았어. 알았어. 토니, 마리아랑 〈오늘밤(Tonight)〉 부르자."

토니가 발코니 아래에서 마리아를 올려다보며 물었다.

"내일 만나. 딴 사람 말고 나랑. 나만!"

마리아가 사랑 가득한 눈빛으로 토니를 향해 노래하기 시작했다.

"오직 너, 영원히 너만 바라볼래. 나의 눈, 나의 말, 내 모든 몸짓엔 당신이 담겨 있네."

소영 아니 마리아의 목소리가 너무 감미로워 나도 모르게 그녀의 노래를 계속 따라 불렀다.

∞

곰에게 발목이 잡힌 사슴이 "당신에게는 한 번의 기회이지만 내게는 한 번의 생입니다. 없던 일로 해주세요."라고 하면 어떻게 될까? 그러니까, "난 범인이 아닙니다."라거나, "내가 범인은 맞지만 이런 사정이 있었으니 한 번만 봐달라." 한다고 해도 사흘을 굶은 곰은 절대 한 번 잡은 당신의 발목을 놓아 주지 않을 것이다. 굶지 않은 곰도 마찬가지다. 곰에게는 곰의 본성이 있다. 같은 상황에서 경험 많고, 지혜로운 사슴이라면 묵비권을 행사하면서 최대한 빨리 연락한다. 누구에게? 언제 어디서나 당신의 편인 변호사에게.

⟨법무법인 캐나다의 숲⟩

변호사 사무실 간판이 사라진 법원 거리는 즐비한 변호사 광고판들이 이를 대신했다. 인공지능 소송, 그러니까 AI 판사 제도가 도입된 이래로 바뀐 풍경 중 하나이다. 물론 대한민국 헌법은 건재하다. 대한민국의 모든 국민은 지금도 헌법과 법률이 정한 법관에 의하여 법률에 의한 재판을 받을 권리가 있다. 달라진 것은 법관이 AI 판사라는 것뿐이다.

인공지능 소송은 단심제이며, 인터넷망과 연결되면 다 법원 관할이다. 한국말로 전 세계 어느 법원에나 소송을 제기할 수 있다. 법관에 대한 제척, 기피, 회피제도가 사라졌다. 기일이라는 게 따로 없다. 당사자들은 상대의 주장을 확인해서 자기주장과 그에 대한 입증자료를 업로드만 하면 된다. 원고, 피고 모두 업로드 완료 버튼을 누르면 곧장 컴퓨터 모니터에 판결 결과가 뜬다.

AI 판사 제도 도입 이후 지금까지 말한 변화는 사실 다음 두 가지 손꼽히는 변화와 비교하면 사실 변화랄 것도 없다.

AI 판사의 판결문은 길다. 모든 판결문의 시작이 늘 법의 정의와 대한민국 법의 역사부터 기술하기 때문이다. 기원전 2,333년 고조선의 팔조법금(八條法禁)*부터 고대의 부족회의 재판권, 삼국시대 최초의 성문법부터 고려를 거쳐, 조선의 경국대전, 대한민국 근현대사의 사법제도 변화까지 말이다. 판결문에는 팔조법금(八條法禁)부터 현재까지 기록된 모든 관련 판례들이 첨부된다. 법조계에서는 판결문 요약본을 출력하려다 실수로 전문 버튼을 눌렀다 낭패를 본 재미난 일화들이 종종 들려온다.

   AI 판사의 판결문이 상세한 것은, 모든 주장과 입증자료에 대해 통계적 언어로 판단을 기술하기 때문이다. 사안의 주요 쟁점이 먼저 정의되고, 쟁점별 비중과 주장 사실에 대한 원고, 피고의 입증 정도가 표기된다. 예를 들면 원고 41%, 피고 59% 이런 식으로 말이다. 누구든 51프로 이상 입증에 성공하면 해당 쟁점은 모두 자기 점수가 된다. 마찬가지로 모든 쟁점의 점수를 합쳐 51프로가 넘으면 해당 소송에서 승소하게 된다. 여기서도 인생은 더 위너 테익스 잇 올**이다.

   이처럼 상세한 판결문 덕에 판결 불복 사례는 현저히 줄었다. 사실 과거 인간 판사의 심증이 형성되는 과정도 이와 크게 다르지 않았지만, 표시는 항상 승소한 측 입장에서 일방적으로 기술되었기 때문에 패소한 측에서는 불만이 생길 여지가 컸다.

---

* 전문은 전해지지 않고 〈한서〉 지리지에 남아 있는 3조는 다음과 같다. 사람을 죽인 자는 사형에 처하고, 상해를 입힌 자는 곡물로써 배상하게 하고, 남의 물건을 훔친 자는 노비로 삼는다.
  -출처: 〈한국민족문화대백과사전〉
** The Winner Takes It All, 혼성그룹 Abba의 노래 제목

다만, 아주 가끔 모든 쟁점에 대한 원고와 피고의 합산 점수가 정확히 50대 50, 동점이 되는 경우가 있다. 무승부가 되면 챔피언의 승리로 한다는 권투 규칙을 준용해 입증책임이 더 크다고 할 수 있는 원고의 패소로 하자는 일각의 의견도 있었지만, 재판을 권투 시합이라고 할 수는 없다.

이 문제를 해결하기 위해 사법부 내 개혁특위가 구성되고 초대 위원장으로 선임된 김지성 위원장은 기자들 앞에서 "더는 AI가 할 수 없다면, 이제 어른이 아니 인간이 나서야 할 때입니다."라며 자신 있게 취임 일성을 밝혔다. 하지만 말처럼 쉬운 문제가 아니었다. 회의에 회의를 거듭해도 해결을 향해 한 걸음도 나아가지 못하던 어느 날 김지성 위원장은 사무실 창밖 멀리 녹음이 짙게 든 한 축구장의 잔디를 바라보며 대한민국 사법 역사에 길이 남을 혼잣말을 남겼다.

"그렇다고 원고 피고가 축구공으로 승부차기를 할 수도 없고······. 아니 못할 것도 없지 않나?"

〈끝〉

소영과 나는 헤어지고 이 메타버스에서 처음 만났다. 법에 따라 헤어진 연인들은 이별 후 일 년이 경과되기 전에 정부가 지정한 메타버스에서 만날 의무가 있는데, 아무리 생각해도 알다가도 모를 법이다. 연애 후 스토커로 돌변하거나 복수심에 강력범죄가 발생하는 걸 막겠다는 게 법의 목적이라고 한다. 같은 법을 도입해, 한국의 메타버스 시스템을 함께 쓰는 국가들도 꽤 된다고 한다. 그러거나 말거나 말이다.

이별 후 14일 이내 신고, 일 년 이내 메타버스 미출석 등 법이 정한 각종 의무를 어기면 차량 책임보험에 가입하지 않았을 때만큼의 과태료가 부과되었다. 대신 법을 지키면 남자의 경우에는 예비군 훈련 따위를 면제해주기도 하고, 여자는 미용실 공짜 쿠폰 같은 것들을 받았다.

나는 "둘 중 누가 헤어지자고 했습니까?", "헤어지고 난 후 6개월 안에 술을 먹고 옛 연인에게 전화한 적이 있습니까?"와 같은 시시껄렁한 백여 개의 문답을 입력한 후 이 메타버스에 입장했다. 소영은 입력 문답에 응하지 않았지만 나와 똑같이 입장했다며 자랑처럼 말했다.

명욱이라는 본명을 그대로 캐릭터에 사용하는 나와 달리 소영은 캐릭터에 '스텔라'라는 이름을 붙였다. 그렇다면 나도 내 캐릭터에 '리차드'라는 이름을 붙일 걸 그랬나보다라는 생각을 잠깐 했다. 가끔 소영이 날 생각했다, 금세 잊어버리는 딱 그 정도의 잠깐이었다.

복잡한 나를 설명하기보다,
단순한 널 이해하는 게 더 쉬워서

"와! 너무 신기하다. 정말 꼭 진짜 세상같지 않아?"

소영이, 아니 스텔라가 휴일 데이트라도 나온 듯한 말투로 메타버스 세상을 둘러보고 이것저것 생각나는 대로 말을 했다.

"여기 있는 사람들은 그럼 다 헤어진 사람들인 거네?"

"저 사람들은 왜 세 명이야? 저 남자가 양다리를 걸쳤다가 걸린 건가?"

"혼자인 사람들도 꽤 되네. 뭐지? 여기서도 싸웠나?"

"동성인 사람들도 제법 되고, 국제 커플도 꽤 있고. 근데 외국인 커플도 있네. 여행이나 출장 중에 서울에서 헤어진 커플인가?"

"여기서 눈 맞는 사람들도 있을라나? 뭐 어차피 전부 정부가 공인한 애인 없는 사람들이잖아."

난 먼지 하나 없이 깨끗한 서울 하늘 아래를 걸으며 스텔라의 말이

끝날 때마다 투덜거렸다. 물론 속으로.

'진짜 세상같기는 뭐가 같아? 서울 공기가 이렇게 맑아?'

'그래, 솔로들의 천국이다.'

'여자 중 한 명이 양다리를 걸쳤다가 걸렸을 수도 있지.'

'헤어진 연인과 연락은 안 되고, 과태료는 물기 싫고, 그래서 혼자라도 들어오는 경우가 많아. 생각보다 세상에 너 같은 사람이 많은 거지.'

'메타버스 설정을 바꾸면 외국에 사는 사람들도 서울에 올 수 있어. 우리도 외국에 갈 수 있고. 그래서 해외여행 기분 내려고 위장 이별하는 사례도 왕왕 있다고 하더라. 나도 오늘 파리나, 캐나다 동부에서 만날까도 생각했는데, 내가 왜? 누구 좋으라고?'

"보이지만, 말은 안 통해. 아무에게나 말 걸어봐. 그 사람 러시아어 할 거다. 인도 말이나. 폴란드 말이나. 아님 화성 말이나 금성 말이나."

사실 난 이곳이 처음은 아니다. 연애 경험은 스텔라, 아니 소영과의 연애가 처음이자 마지막이었지만, 이별은 여러 번 했기 때문이다. 우리가 서로 만나고 헤어지기를 반복했다는 게 아니다. 나 혼자 그녀와 헤어지고 만나기를 반복했다는 거다. 소영은 3개월도 좋고, 6개월도 좋고 갑자기 연락을 끊곤 했는데, 그때마다 난 우리가 헤어진 거라고 생각을 했고, 이별 후유증을 겪을 만큼 겪은 후 마음을 추슬러 이제 좀 사람다운 일상을 산다 싶으면 그때마다 무슨 일이 있었냐는 듯 소영이 돌아왔다.

그래도 이번만큼은 정말 이별인 줄 알았다. 1년 6개월 만에 문자를 보내서 한다는 말이 세상에나, "잘 지내?"였다. 그 말을 하는 프로필 배경사진 속 얼굴이 얼마나 아름답던지……, 나도 모르게 "응!"이라고 답할 뻔했다. 하지만 이번만큼은 그렇게 하지 않았다. 1년 6개월은 정말 긴 시간이고 한 사람을 완전히 잊는 데는 충분치 않다고 해도, 한 남자가 캐나다 동부를 여행하고 사진과 물리학에 푹 빠지기에는 충분한 시간이기 때문이다.

나는 그 중 일 년을 캐나다 동부를 여행하며 사진을 찍었다. 구름처럼 다시 만날 수 없는 순간들을 말이다. 시인 보들레르가 사랑한 구름, 흘러가는……저기……저……신기한 구름*, 하늘에 떠 있는 수증기 입자들이 지구 중력에도 불구하고 떨어지지 않는 것은 자신의 하강 속도보다 빠른 상승기류를 만났기 때문이다. 태양에서 출발한 빛이 지표면에 도달하기 전에 이 수증기 입자들과 먼저 부딪쳐 지상의 운 좋은 우리가 하늘에 뜬 구름을 볼 수 있게 되는 것인데, 카메라로 보면 훨씬 더 아름답다.

보고 싶은 대로만 보는 우리의 뇌와 달리, 카메라는 대기 중 가시광선의 색을 있는 그대로 노출한다. 대기의 색이 빨강이면 빨강, 파랑이면 파랑, 카메라는 있는 그대로 표현한다는 뜻이다. 태양과의 거리가 상대적으로 먼 일몰에는 가시광선이 지나는 거리도 길어져 파장

---

* 샤를 피에르 보들레르 시집 《파리의 우울》 수록 시 〈이방인〉 중에서

이 짧은 파란색을 대신해 붉은 노을이 지는데, 카메라로 보면 가끔 대기가 붉게 물들기에 앞서 푸른 노을이 질 때도 있다.

보라는 파란색보다 파장의 길이가 더 짧은데 나는 초여름 캐나다 동부여행 중 보라색 일몰 사진을 찍은 적이 있다. 구도가 마음에 들지 않아 다음을 기약하고 지웠는데, 두 번 다시 만나지 못했다.

"오늘 구름 정말 예쁘다."

스텔라가 거리를 걸어가며, 마치 들판에 엉덩이를 붙이고 앉아 등 뒤로 뻗은 두 팔에 지지해 흘러가는 구름을 올려다보는 듯한 한가로운 말투로 말했다.

"그러네. 누구처럼."

나도 모르게 소리 내어 말해버렸다. 오늘 이 메타버스 상공을 지나는 구름이, 그리고 그 구름 아래 서 있는 스텔라가 아름다운 것은 사실이기 때문이다.

"누구처럼? 나처럼?"

"나 좋아하는 사람 생겼다고 했잖아."

바보같이 왜 매번 돌아오는 걸 허락했냐고? 소영이 연락을 끊은 후 내 마음은 빛의 속도로 소영을 향했고, 알다시피 빛의 속도로 달리는 물체에는 시간이 전혀 흐르지 않는다. 150억 년 빅뱅 때 탄생해 지금까지 쭉 빛의 속도로 달리는 어떤 입자가 나이를 전혀 먹지 않은 것처럼, 소영을 처음 만난 이후로 내 마음의 시간은 조금도 흐르지 않았다.

"그래서 그게 누군데?"
"있어. 구름처럼 운 좋고, 예쁜 사람."

그럼 그렇게 평생 나이도 들지 않고, 계속 사랑하는 게 어떠냐고? 빛의 여행을 소재로 한 어떤 영화에서 빛의 속도로 우주를 며칠 다녀온 남자는 지구로 돌아왔을 때 자기보다 더 나이가 든 딸을 만나는데, 사실 이것도 운이 꽤 좋은 편이다. 아무리 짧은 여행이라도 대부분은 손자의 손자를 만나게 된다. 심리학자들이 사랑의 유효기간을 최대 3년이라고 한 것을 빛의 속도 여행에 비유하면 내 사랑의 시간은 흐르지 않지만 상대방의 시간은 흐르기 때문이라고 설명할 수 있겠다. 그렇다고 내가 이런 고차원적인 사유 끝에 소영에 대한 기다림을 포기했다는 말은 아니다. 애초에 빛의 속도 여행은 힘든 일이다. 나는 긴 여행을 했고, 이제는 쉬어야 한다.

"하고 싶은 거 있어? 우린 이 메타버스에서 함께 8시간을 보내야 해."
"아까 보니까 극장도, 음식점도 있을 건 다 있더라."

"실제 세상과 똑같은 환경이니까, 정확히 다 있을 거야."

"내부도 똑같아?"

"완전히 똑같지는 않은데 그래도 제법 비슷해."

"여길 잘 아네. 이런 최첨단 기술을 정부는 왜 헤어진 연인들을 위한 메타버스로만 쓰는 거래?"

"이 메타버스 개발자가 20년간 이 용도로만 쓰는 조건으로 특허를 정부에 양도했대."

이 메타버스 개발자가 한 언론과의 인터뷰에서 밝힌 이유는 사랑을 대하는 세태 변화에 대한 유감 때문이라고 한다. 영화 〈러브스토리〉와 〈라스트 콘서트〉에 모두가 같은 감동을 받고, 카세트테이프가 늘어지도록 사랑 노래를 듣던 세대에 속한 그는 한 사랑이 끝난 이후에 마냥 늘어지는 삶에 대해서 불만이 없고, 살아보니 유행도 돌아오는데 사랑이라고 왜 돌아오지 않겠는가?라는 희망도 있는데, 사랑을 소비하기 바쁜 지금의 세태는 그 희망조차 없기에 가상공간에서라도 한번 만나게 해주고 싶었다며 말이다. 말은 길고 그럴싸하지만, 나는 확신한다. 이 메타버스의 개발자도 6개월이고 1년이고 사라졌다 나타나기를 반복하는 연인이 있었던 거다. 스스로 시작한 사랑을 스스로 끝내지 못하는 상황이 얼마나 힘들었으면 이런 걸 만들 생각을 다 했을까? 그 생각만 하면 나는 눈물이 난다.

"헤어진 연인들에게 이별의 형식을 갖추게 했더니 이별 범죄 발생률이 현저하게 줄었대."

"얼마나?"

"엄청 많이."

"오늘 나 만나려고 공부 많이 했네. 귀여워라."

이 메타버스가 왜 이 같은 결과를 가져왔는지 사실 아무도 모른다. 질량을 가진 모든 것은 당기는 힘이 있음을 발견했지만, 왜, 어떻게 당기는지 이유까지는 몰랐던 뉴턴처럼 말이다. 또 실험 결과와 완벽하게 일치하는 이론이지만 왜, 어떻게 그와 같은 결과가 나오는지 이유를 알 길 없는 양자역학처럼 말이다. 뉴턴의 중력은 아인슈타인이 일반상대성이론으로 그 이유를 찾았지만 양자역학은 그렇지 않다. 소영을 향한 내 마음도 그랬다.

처음 만났을 때 소영은 자신을 학생이라고 했는데, 첫 번째 잠적 후 보름 만에 다시 나타났을 때 직장에 문제가 있었다고 했다. 자신을 학생이라고 소개한 것조차 기억하지 못하는 것 같았다. 난 그녀가 학생이어서 좋았던 건 아니어서 아무 문제도 안 되었다. 난 그녀가 소영이라서 좋았다.

두 번째 잠적 때는 한 달 가까이 연락이 닿지 않았는데 자신만의 시간이 필요했다고 했다. 그 뒤는 몇 번이나 잠적했는지 수를 세진 않았지만, 사라지는 횟수가 늘어날 때마다 돌아오는 시간은 그에 비례해 점점 더 길어졌다. 신기한 건 나 혼자만의 이별 의식을 마치면 어떻게 알았는지 아무 일도 없었다는 듯 나의 곁으로 다시 돌아왔다. 이런 전례들 때문에 내가 이별을 인정하는 데 걸린 시간도 덩달아 길어졌다.

그래도 이번은 진짜 이별이 가능할 것 같다. 엄밀히 말하면 소영이 돌아온 것도 아니기 때문이다. 어느 날 갑자기 1년 6개월 전 내가 보낸 욕설 가득한 문자에 '잘 지내?' 이렇게 답장만 했을 뿐이다.

이 단 세 글자에 난 또 얼마나 설레였던가. 그날의 세상은 말 그대로 왓어원더풀월드*였다. 하지만 이번은 상황이 좀 다르다. 1년 6개월은 정말 긴 시간이고, 한 사람을 완전히 잊는 데는 충분치 않다고 해도, 한 남자가 캐나다 동부를 여행하고 사진과 물리학에 푹 빠지기에는 충분한 시간이기 때문이다. 내가 물리학적으로 내린 결론은 이렇다.

하이젠베르크의 저 유명한 '불확정성의 원리'가 증명한 것 중에는 텅 빈 공간에서도 양자적 요동에 의해서 시공간의 왜곡, 즉 찌그러뜨림이 발생한다는 것도 있는데 이것은 기존 아인슈타인의 중력이론과는 맞지 않다. 아인슈타인의 일반상대성이론에 따르면 중력이란 질량을 가진 물체가 시공간을 찌그러뜨리는 상태 그 자체니까 크든, 작든 반드시 질량을 가진 물체가 있어야 하는데, 불확정성원리로 대표되는 양자역학에 따르면 극도의 초미세 영역에서는 텅 빈 공간에서도 양자적 요동으로 시공간의 찌그러뜨림이 있다는 것이다.

---
* 루이 암스트롱의 노래 제목, What A Wonderful World

이해가 어렵다고? 그냥 소영은 그녀가 없는 곳에서도 내게 중력을 발휘한다는 것만 기억하면 된다. 질량을 가진 물체만이 시공간의 왜곡을 가져오는 일반상대성이론에 허점을 가져온 양자역학처럼, 그녀는 자신이 사라진 시간, 텅 빈 공간에서도 나에게 양자적 요동을 일으킨다. 그 미세한 요동에 내 일상이 무너져 몸은 괴롭고, 그렇지만 마음은 여전히 소영을 원하고…… 이 거시와 미시의 심각한 불균형에 대한 통합이 그 무엇보다 내게는 절실했다.

왜 이렇게까지 힘든 사랑을 하냐고? 좋은데 어떡하란 말인가? 나라는 카메라를 통해서 보는 소영이 얼마나 아름다운지 당신은 모른다.

"영화 보자. 나 〈브로커〉 보고 싶었는데, 상영관이 없어서 못 봤거든. 고레에다 히로카즈 감독이 한국어 대사로 만든 영화라 기대만 못했다는 평이 많아서 과연 그런지 궁금해."

"난 〈비상선언〉 보고 싶어. 능력 있는 감독이 연출하고, 능력 있는 배우들 엄청 많이 나오는데, 기대보다 별로라고 하더라고. 과연 그런지 나도 궁금해."

"그럼 둘 다 보지 뭐."

"좋아"

두 편의 영화 모두 나쁘지 않았다. 특히 〈브로커〉의 경우에는 감독이 전작들과 다른 플롯으로, 전작들과 같은 방식의 감동을 선사했다. 나는 출연한 한국 배우들을 일본 배우인 릴리 프랭키, 후쿠야마 마사히로, 아오이 유우라고 생각하면서 영화를 보았다. 특별히 의도하지 않았지만, 배우의 개성보다 감독의 연출에 더 집중한 것이다.

나는 히로카즈 감독이 쓴 책을 읽은 적이 있는데, 책 끝에 감독이 당시 '가족'에서 '사회'로 시야를 넓힌 법정물 시나리오에 도전하고 있다는 내용이 있었다. 그 작품이 〈제3의 살인〉이었는데, 나는 영화를 먼저 보고 책을 뒤에 읽었기 때문에 그 도전이 이미 성공했다는 것을 알았다.

감독의 그다음 영화 〈어느 가족〉은 '가족'과 '사회'라는 주제가 합쳐졌는데, 이 작품 〈브로커〉 또한 그랬다. 진짜 가족은 아니지만 실은 더 가족에 가까운 사람들의 이야기가 공통적으로 등장하지만, 한 작품에서는 해체되는 지점에서 이야기가 끝난 반면, 다른 작품에서는 해체된 뒤에 '가족'이라는 중력과 같은 힘에 이끌려 다들 다시 모여드는 지점까지, 이전 영화보다는 한 걸음 더 나아갔다는 점이 달랐다.

나는 〈비상선언〉을 보기 위해 다른 상영관으로 걸어가는 내내 영화 〈브로커〉에 대한 내 생각을 소영에게 들려주었다. 소영은 가장 큰 사이즈의 팝콘을 양팔로 끌어안고, 연신 고개를 끄덕이며 내 설명에 집중했다. 설명을 듣고 나니 영화가 더 재미있다며, 다음에 다른 영화 이야기도 해달라고 하여 내 마음의 어깨를 으쓱하게 했다.

〈비상선언〉은 기대를 한껏 낮추고 보아서인지 오히려 영화 중간중

간 눈물을 참을 수 없을 만큼 몰입해서 재미있게 보았다.

"원래 기대가 크면 재미가 없고, 기대가 없으면 재미있어. 내가 볼 때 명욱이 넌 사랑에 대한 기대가 너무 커. 그러니까 매번 실망하지."

"그러는 넌 사랑에 아무런 기대가 없어서 매번 이렇게 사라졌다, 다시 날 찾아오냐? 너 지난번에 분명 내가 말했지. 이번이 진짜, 진짜 마지막이라고, 다음에 또 사라지면 그냥 그길로 쭉 가야할 거라고. 내가 이런 말 했다는 거 기억은 해?"

"난 정명욱이 좋아서 널 사랑한 거야. 네 모든 말을 기억하려고 사랑하는 게 아니고."

두 눈 똑바로 뜨고 한 마디도 지지 않는 소영이 너도 참……, 아름답다! 아, 흔들릴 뻔했다. 정신 똑바로 차려야 한다.

"배고프다 밥 먹자."

"……"

"명욱! 나 배고파. 우리 밥 먹자."

"부산에 맛있는 음식점이 많다는데, 갈래?"

"강남에서 부산까지? 가다가 남은 시간이 다 지나가 버릴 것 같은데."

"메타버스잖아. 설정만 바꾸면 금방 가."

"그럼 진작 갈걸. 나 남천동에 정말 맛있는 떡볶이집 알아. 떡볶이

먹고 근처 광안리 해변도 걷자."

"지금 가면 되지. 뭐."

"맛있는 음식 먹으면 늘 명욱이 너 생각이 나더라. '아! 명욱이랑 같이 먹었으면 더 맛있었을 텐데.' 이렇게 말이야. 우리가 가는 가게의 떡볶이처럼 완벽하게 맛있는 음식을 먹어도 별점으로 만점을 줄 수 없는 게, 네가 옆에 없어서 딱 그만큼 점수가 빠져."

"거긴 누구랑 갔었어?"

"그게 중요해?"

"그 사람이 불쌍해서 그런다. 지금 널 찾아 전국을 찾아다니는 건 아니가 해서."

"넌 날 찾아서 캐나다까지 갔더라. 그래서 그곳에서 날 찾았어?"

"난 사진 찍으러 간 거고……."

"우연히 네가 찍은 캐나다 사진들 봤는데, 사진에서 내가 보이더라."

맞다. 나는 내 곁에서 사라진 아름다움에 대한 결핍을 채우기 위해 세상에 소금같이 뿌려진* 아름다움의 파편들을 찾아 캐나다로 갔다. 처음부터 작정하고 간 것이다. 세상의 다른 아름다움이 내게 주는 에너지는 내 곁에 소영이 있는 것에 비하면 원자의 에너지 최소단위인

---

*송찬호의 시 〈소금 창고〉, '짜디짠 이 세상 어디엔가/소금 같이 뿌려진 여자가 있네'에서 일부 인용

플랑크 상수(h)만큼이나 작은 것이지만, 그때 나에게는 그 에너지가 절실했다. 풍경 사진작가 중에 한 사람의 얼굴에 자신이 찾던 그 모든 풍경이 다 있다는 것을 깨닫고 훗날 인물 사진작가로 전향하는 경우가 많은데, 나는 처음부터 그 반대로 간 것이다.

"또 뭐 했어?"

부산으로 달려가는 지하철에는 우리 둘 뿐이었다. 메타버스 지하철 노선도에 따르면 대전, 대구, 부산. 서울에서 이렇게 세 정거장 떨어진 곳에 부산이 있다.

"물리학 공부했어."

"회사는?"

"일 년 휴직했지."

"그 말이 아니고. 그 회사 계속 다닐 거야? 너랑 안 맞잖아."

"안 맞는 건 나도 아는데, 뭐가 나랑 맞는지 모르겠어."

"영화 평론을 쓰면 어떨까? 난 내가 본 영화보다 네가 해주는 영화 이야기가 더 재미있더라."

"영화 보는 건 취미지 직업이 아니잖아."

"왜 아냐? 네가 좋아하고, 잘하는 일 하면서 돈을 벌면 그게 직업이지."

"돈을 어떻게 벌어?"

"남다른 아이디어가 있어야겠지."

"예를 들면?"

"예를 들면 넌 영화 별점을 줄 때 남들과 달리 진짜 별을 쓰는 거야."

열차가 종착역인 부산역에 도착했다. 부산 지하철로 갈아타 남천동까지 가는 내내 열차 유리창 밖으로 보이는 부산의 구도심 풍경이 아름다웠다. 그리고 열차 유리창 안으로 비친 소영도……. 그러고 보니 어떤 봄날에 함께 꽃 구경을 갔던 일화가 문득 기억이 난다. 그때 마음속으로 이런 생각을 했었지, 아마…….

'결혼식 최고 민폐가 신부보다 화사한 신부 친구라는데, 개나리, 목련, 산수유, 진달래, 눈치도 없이 신부에게 다가가기 바쁜 소영이 너도 참……, 눈부시다.'

"이 떡볶이 가게, 실제로는 장소를 다른 곳으로 옮겼는데, 여기선 원래 자리에 있네."

가래떡 떡볶이랑 오징어튀김 하나씩 주문하고, 붐비는 인파 속에서 용케 빈자리를 찾아 자리에 앉자마자, 신기한 듯 가게 안을 둘러보며 소영이 말했다.

"아직 메타버스 시스템에 반영이 안 되었나 보다."

"장소 옮긴 지 제법 되었는데…… 뭐, 음식점 자리가 바뀌니까 가래떡 떡볶이랑 오징어튀김 맛도 좀 어색해져서 아쉬웠는데, 잘됐다."

"맛은 어때? 실제처럼, 아니 예전처럼 맛있어?"

"명욱이 너랑 같이 먹으니까, 별점 다섯 개."

   나의 계획은 이렇다. 떡볶이를 먹고 일어나 광안리 바닷가까지 걸어가 해변을 산책하는 것이다. 산책이 시작되기 전에, 이 산책이 연인으로서 함께 걷는 우리의 마지막 걸음임을 단호히 소영에게 말할 것이다. 첫 만남의 빅뱅 이후 빛보다도 빠른 속도로 팽창을 거듭하던 우리의 우주는 다시 수축하여 원자 크기의 한 점으로 돌아갈 것이다.

   이것은 최첨단 이론물리학 이론인 끈이론에 기반한 것이다. 끈이론은 물질의 궁극의 최소단위를 점입자가 아닌 진동하는 끈으로 설명하는 것인데, 끈마다의 진동수가 달라 진동수가 큰 끈으로 구성된 입자는 질량이 무겁고, 진동수가 작은 끈으로 구성된 입자는 질량이 가볍다. 좀 더 설명하면 에너지는 진동수에 비례하기 때문에 진동수가 크다는 것은 에너지가 크다는 뜻이며, 이를 아인슈타인의 특수상대성 이론 $E=MC^2$, 즉 에너지와 질량은 같다! 공식에 대입하면 우리가 종래 물질의 궁극의 최소단위라고 생각한 점입자의 질량이 왜 크고 작았는지를 설명할 수 있음은 물론, 중력을 매개하는 입자인 중력자 또한 설명할 수 있어 중력과 양자역학의 통합도 가능한 것이다.[*]

   이해가 어렵다고? 그냥 끈만 기억하면 된다. 나는 지난 캐나다 여행

---

[*] 브라이언 그린, 〈엘러건트 유니버스(초끈이론과 숨겨진 차원, 그리고 궁극의 이론을 향한 탐구 여행)〉 참고

때 연날리기를 유심히 볼 기회가 있었는데, 줄을 중간에 두고 연과 씨름하는 것이 마치 낚시같았다. 보이지 않는 줄까지 염두에 두고 보면 세상에 뭔들 안 그렇겠냐는 데까지 생각이 미쳤는데, 순간 깨달았다. 그녀에 대한 그리움을 끊어내지 못했던 이유를 말이다. 이 끈이 물질의 궁극의 최소단위여서 쉽게 자를 수 없었던 것이다. 나는 소영과 나를 묶고 있는 이 진동하는 끈의 가운데를 자르는 대신, 한쪽 편을 풀어 오랜 내 나름의 방식으로 물리학계의 오랜 숙제를 풀고, 내 숙원도 풀어 멀리멀리 소영이라는 연을 우주 저 멀리로 날려 보낼 생각이다.

자. 이제 떡볶이도 다 먹었고, 물도 마셨고, 냅킨으로 입도 닦았고, 줄을 풀 때가 되었다.

"우리 이제 헤어지자."
"그래."

응? 계획대로 되긴 했는데, 대화의 순서가 바뀌었다. 내가 헤어지자고 해야 하는데, 소영이 먼저 헤어지자고 한다.

"내가 좀 멀리 갈 것 같아서, 한참 널 못 만날 거야. 우리 여기서 헤어지는 게 좋을 것 같다."
"어딜 가는데? 얼마나 가는데? 내가 좀 더 기다리면 안 돼?"

물론 이것은 내가 예상한 이야기 전개는 아니다. 막상 끈이론을 내 사례에 적용해보니 큰 오류가 발견되었다. 나 역시 진동하는 끈이라는 것을 계산에 포함하지 않았던 것이다. 이해가 어렵다고? 줄을 풀었더니, 휘청휘청, 우루루 내려앉는, 가라앉는 내가, 내가 다리였다.

"네가 그렇게 말해주었으면 했는데, 진짜로 할 줄은 몰랐네. 착한 명욱."
"내가 이 메타버스에 오자고 해서 화난 거야? 넌 당장 볼 수 없다 하지, 난 당장 보고 싶지, 널 만날 방법이 여기밖에 없었잖아. 여기서 만났다고 무조건 헤어지는 거 아냐. 네가 생각하는 그런 거 아냐."
"그럼 헤어지지 말자. 우리."

또 당한 건가? 그렇다고 해도 어쩔 수 없다. 지금도 가끔 꿈에서 캐나다로 여행을 가곤 하는데, 한국에 카메라를 놓고 온 것을 깨달아 악몽이 되곤 한다. 그게 왜 악몽이냐고? 난 꿈에서도 소영과 헤어질 생각이 없으니까. 적어도 몸과 마음의 통합이론이 입증되기 전까지는 말이다. 그리고 전문가들 또한 시공간이 끈으로 엮여 있다는 이 최첨단이론이 입증되려면 한 세기는 더 기다려야 한다고 한다.

"소영이 네가 평생 돌아오지 않는다고 해도 다신 헤어지자고 안 할게."

"무슨 말을 그렇게 하냐. 난 영원히 네 옆에 있을 거야."

"고마워. 소영아. 나 진짜 잘할게."

"근데, 명욱아. 나 부탁할 거 하나 있는데. 들어줄 거지?"

"뭐든."

"만약에 말이야. 만약에 내가 너무 오랫동안 안 돌아오잖아. 그럼 예전처럼 힘들어하지 말고 이렇게 생각해 줄래."

"또 어딜 가? 얼마나 오래?"

"아니, 만약에 말이야. 그냥 그런 일이 생기면 이렇게 생각해 달라고."

"어떻게?"

"넌 물리학의 언어가 수학이라서 글로 설명하면 결코 정확히 전달되지 않는다는 걸 알고 있으니까, 내가 하려는 말을 이해할 거야. 언어가 다르지만 그래도 가장 가깝게 설명하려는 거라고 생각하고 들어줘."

"무슨 말을 하려고 이렇게 학문적인 분위기를 잡아."

"음. 말하자면 난 불치병에 걸렸던 거야. 널 만나기 전부터. 그래서 가끔 검사도 받고 치료도 받아야 해서, 잠깐씩 사라졌던 거지. 네게 말을 못했던 건, 네가 걱정하는 게 싫었고, 무엇보다 난 명욱이 너에게 늘 예쁜 모습이고 싶거든. 치료받는 동안 안 예쁜 모습 보여주고 싶지 않아. 지금도 앞으로도 쭉. 그러니까, 내가 너무 오랫동안 널 기다리게 하면 소영이가 예쁜 모습으로 오는 중이구나 이렇게 생각해

줄래?"

"설마, 진짜 너 이야기는 아니지?"

"물론 아니지. 수학을 말로 설명하려니 확실히 어렵네. 그럼 이렇게 설명할까? 난 곧 우주로 갈지도 몰라. 우주비행사 후보거든. 내가 얼마 전 지원한 프로젝트에 뽑히면 빛의 속도로 짧은 여행을 하게 될 거야. 나에게는 하루지만 너에게는 꽤 오랜 시간이 될 수도 있어. 그때 넌 할아버지가 되어 있을지도 모르지만, 난 나만 예쁘면 되니까, 괜찮아."

"알았어. 기다리면 오기는 온다는 거지. 네가 할머니가 되어서 온다고 해도 무조건 기다릴게."

"고마워. 하지만 그런 일은 없을 거야. 난 늘 예쁠 거니까. 그리고 혹시 말이야. 혹시 만약 내가 너무 오랫동안 돌아오지 않는다면, 그땐 네가 다른 사람을 만나도 좋아. 미리 내가 허락할게. 난 조금 서운하겠지만 네가 힘든 것보다는 그게 훨씬 나으니까. 대신 날 잊지는 말아 줄래? 내가 며칠 전에 꿈을 꿨는데 사람이 마지막 순간에 기억하는 사람들만 그 다음 생에 만날 수 있대. 꿈에서는 네가 날 잊어버려서 내가 막 울었어."

"소영이 너 진짜 우주에 가? 그 꿈 이야기는 또 무슨 말이야?"

"……"

"소영아 너 지금 우는 거 아니지?"

"넌 나 때문에 너무 힘들었으니까 혹시 내가 너에게 돌아오겠다는 약속을 못 지키면 다음 생에는 우리 엄마와 아들로 만나자. 네가 태어나는 순간부터 난 쭉 네 곁에만 있을 거야. 그렇게 쭉, 영원히……. 아, 하고 싶은 말이 너무 많은데 시간이 없다."

"시간 많아 소영아. 메타버스 시간 종료되어도 나가서 만나면 돼. 아, 당장은 네가 못 만난다고 했지. 그럼 전화하면 되지. 문자해도 되고. 내가 나가서 바로 연락할게. 우리 여기서 나가서 계속 이야기하자."

"그래, 우리 계속 이야기하자. 난 항상 네 곁에, 영원히 있을 거니까."

〈스텔라 님이 로그아웃 하셨습니다.〉
〈명욱 님이 로그아웃 하셨습니다〉

시간 종료로 우리는 시스템에서 자동 로그아웃 되었다. 설문이 나왔지만 내가 응하지 않자 자동으로 프로그램은 종료되었다. 소영의 말이 맞았다. 나는 곧장 소영에게 전화를 걸었지만 받지 않았다. 연락 달라는 문자를 남겼지만, 그 후로 아주 오랫동안 그녀에게서 답은 없었다.

가끔씩 '또 당한 건가?' 의심스러울 때도 있지만, 일방적으로 잠적했던 전과 달리 이번에는 소영이 내게 미리 뭔가를 말해주었다는 점에서 분명 예전과는 달랐다. 그래서 난 예전처럼 혼자서 겪는 이별 같은 것을 겪지는 않는다. 그것만으로도 난 소영에게 고마웠다. 내가 어떤 이론으로 어떤 난제를 풀었는지는 모르지만, 내가 예전에 서 있던 자리에서 앞으로 더 나아간 것은 확실해 보인다.

이렇게까지 누군가를 사랑하는 이유가 뭐냐고? 복잡한 날 이해하기보다, 단순한 누군가를 이해하는 게 더 쉬워서이다. 달리 설명하면 나라는 카메라를 통해서 보는 소영이 얼마나 아름다운지 당신은 영원히 모른다.

∞

'천문학적'이라는 단어에는 '천문학에 기초한' 외에도 '수가 엄청나게 큰'이라는 뜻도 있다. 이는 같은 뜻의 영어 astronomical도 마찬가지다. 일일이 찾아보진 않았지만 아마 다른 언어에서도 마찬가지일 것이다. 지구 어디에서나 하늘을 올려다보면 말 그대로 엄청나게 많은 수의 별이 있기 때문이다.

현대에는 물론 양상이 좀 달라졌다. 밤에도 지상이 너무 밝아 시골이 아니고면 별을 보기가 힘들어졌다. 내가 이렇게나 먼 산골에 자리 잡은 배경에는 이런 '천문학적'인 이유가 있다. 나의 영화 별점은 보통의 경우처럼 최대 5점이지만, 다른 건 난 진짜 별을 쓴다는 것, 말이다.

나는 매년 여름 집 마당에서 바라보는 은하수 사진을 찍어, 통장 잔액을 증명하듯, 블로그에 올린다. '영화가 아무리 많아도 한 장의 은하수 사진이면 충분하지 않나?' 싶겠지만 대한민국 1인 기업이 처한 현실은 그렇게 녹록치가 않다. 영화 별점 블로그 운영 3년 만에 이제 좀 사람들에게 알려졌나 싶었는데, NASA가 공식 인정한 별(?)만 쓴다는 둥, 제임스 웹 카메라가 적외선 관측한 100광년 이상 떨어진 은하계의 별을 독점계약(?)하여 쓴다는 둥 과대광고를 일삼는 유사 별점 사이트가 눈에 띄게 많아졌다. 이렇게 혼탁해진 별점 시장에서 그들과 내가 어떻게 다르냐고 묻는 사람들 또한 말이다.

한 설치미술가가 실시간으로 서울의 한 거리를 오가는 사람들의 영상을 작품으로 전시한 적이 있다. 그는 작품을 만들기 얼마 전 연인과 헤어졌고, 작품의 제목을 '당신이 오지 않는 시간'이라고 지었다. 나는 지방의 한 미술관에서 30분 정도 이 작품을 보았는데 신호등이 초록색으로 바뀔 때마다 횡단보도 건너에서 한 무리의 사람들이 걸어왔다 이내 화면에서 사라지곤 했다. 나는 이와 반대로 나의 영화평에 '당신이 오는 시간'이라고 이름 붙일 수 있는 별을 쓴다. 저 많은 별 중에서도 유독 나의 눈에 밝게 빛나는 '당신'이란 별 말이다.

[blog 시골사람]

[영화, 〈더 파더〉를 보았어] '빅뱅'은 우주가 한 점(특이점)에서 폭발해, 팽창을 거듭하다가, 결국에는 반대의 과정을 거쳐 그 출발점으로 돌아간다는 우주 물리학이론이야. 영화 〈더 파더〉를 보면서 우주를 인격화하면, 축소하는 단계의 우주를 '알츠하이머'에 걸린 우주라고 말할 수 있겠다는 생각을 했어.

영화는 한 남자의 우주가 수축에 수축을 거듭하다 그 출발점으로 돌아가기 직전의 상황이야.

팽창하는 우주에서 각자 고유의 자리와 시간과 생김새를 가질 수 있었던 시공간이, 수축하는 우주에서는 한자리에 수많은 것이 겹쳐져 있을 수밖에 없어. 한 가지 얼굴을 여러 사람이 함께 써야 하고, 한 장소도 여러 시간대의 장소가 함께 써야 해. 시간도 뭉쳐져 어제가 내일이 되고, 몇 년 전이 내일 새벽이 되기도 해.

남자는 팽창하는 우주에 길들여진 자신의 감각으로 수축하는 세계를 이해하지 못하다가, 영화의 결말부에 이르면 자기 자신조차 알아볼 수 없게 돼. 우주는 더욱더 점에 가까워져 그 자신의 자리에도 오직 그만이 있을 수 없게 되었으니까.

이 같은 영화의 결론은, 이 한 장면을 위해 이 영화의 모든 이야기가 달려왔구나 싶을 만큼 폭발적으로 인상적이야. 문득 우주가 한 점에서 폭발해 무한히 팽창한 후에 다시 그 한 점으로 돌아가는 것에는 어떤 우주적 의미가 있을까 궁금해졌어. 알 수 없지만, 그걸 인격화하면 '삶의 이유'라고 말할 수는 있겠다.

별점 ★★★

[영화, 〈노매드랜드〉를 보았어] 영화 안에서도 몇 번 강조된 것처럼 노매드(= 유목민)는 집이 없는 삶이야. 집이 있으면 집을 중심으로 일상의 사건들이 모일 수밖에 없고, 좁은 반경 안에서 서로 부딪쳐가며 인과관계를 만들게 되지.

노매드는 집이 없어 모든 것이 불안정하지만 대신 일상의 사건들이 서로에게 영향을 주지는 않아. 사건과 사건 간의 거리는 멀어서, 영화 속 어떤 장면은 정말로 근사한데 (다음 장면까지 가야 할 거리가 멀어서인지) 너무 빨리 지나가 아쉬웠어.

하지만 노매드랜드에서는 모두가 집이 없어 오히려 금세 다시 만나기도 해. 아름다운 풍경이 지나가 아쉬웠지만 금방 또 다른 아름다운 풍경이 나왔던 것처럼 말이야. 그래서 노매드의 삶에 영원한 이별은 없다는 누군가의 말에는 설득력이 있어.

영화 안에서 자신의 선택으로 노매드의 삶을 계속 이어가는 이들은 간절하게 다시 만나고 싶은 누군가가 있거나, 꼭 한 번이라도 만나고 싶은 순간이 있는 사람들이야. 영화 밖에서 이 영화에 열광한 사람들 역시 같은 이유를 마음에 품고 사는 사람들이겠지?

별점 ★★★★

[영화 〈라스트 레터〉를 보았어] 이와이 슌지 감독의 영화 〈러브 레터〉 속 흰 눈이 녹아, 같은 감독의 영화 〈라스트 레터〉에서는 과거와 현재를 오가는 영화 속 모든 시간에 맑은 개울물이 흐르는 장면이 유독 많이 나와.

영화 〈러브 레터〉의 주요 배우들이 어느새 나이가 들어 '라스터 레터'에서는 특별 출연 같은 느낌의 조연으로 등장했고, 새로운 배우들이 주인공이 되어 또 하나의 사랑 이야기를 만들었어. 두 영화를 보면 알겠지만, 영화 속에 등장하는 러브 레터는 편지가 아니야. 하나는 독서 카드이고, 또 하나는 졸업 연설문이지. 하지만 영화 〈러브 레터〉를 본 우리는 알지. 지금 사랑하고 있는 사람의 모든 말과 행동이 편지라는 걸.

영화 〈라스터 레터〉는 영화 〈러브 레터〉 세대가 눈처럼 깨끗한 사랑의 배턴을 우리 세대로 넘겨주는 영화더라. 다만, 배턴을 건네는 처지에서는 온 세상을 하얗게 덮은 눈이 녹는 걸 바라보는 일처럼 무척이나 아쉽겠다는 생각이 들었어. 그러니까, 부디 모두들 기쁘게 받아줘.

별점 ★★★☆

[영화 〈피아니스트의 마지막 인터뷰(CODA)〉를 보았어] 남자가 체스판 이쪽, 저쪽 편을 오가며 매일 한 수씩 두는 장면은 정말 근사했어. 실제로 나는 매일매일 다른 사람.

별점 ★☆

[영화 〈뷰티인사이드〉를 보았어] 〈뷰티인사이드〉는 매일매일 다른 사람으로 깨어나는 한 남자에 관한 이야기야. 어제와 비교하면, 하루만큼의 경험이 더 쌓였고 하루치 이상의 기억을 잃어버렸으니까 사실 모든 사람은 매일매일이 다를 수밖에 없는데 일상에서는 잘 깨닫지 못해. 하지만 연애와 같이 섬세한 감각이 동원되는 일에서는 생각보다 잘 들키지. 내가 사랑하는 '그는 매일매일 다른 사람이다!' 이렇게 들키는 게 아니고, '그의 마음이 변했다!' 보통은 이런 식이겠지?

우리의 삶을 선(線)으로 만드는 모든 점(點)들은 크기와 색깔, 심지어 향기까지 같아. 다르면 선을 이루지 못하지. 매일매일 우리는 다르다고 하지만 실은 하나의 선을 이룬다는 점에서는 같은 사람이야. 매일매일 다른 사람으로 깨어나는 남자를 사랑한 여자라면 그 여자가 사랑한 것은 그 남자의 바뀌지 않는 점일 거야.

영화 속 남자의 직업은 가구 디자이너이고, 브랜드가 바뀌어도 일관된 남자의 디자인 스타일을 알아본 여자가 남자를 찾아가면서 이 이야기는 끝이 나.

별점 ★★

[영화 〈비브리아 고서당의 사건 수첩〉을 보았어] 난 누가 범인인지를 금세 알았어. 출연 배우가 네 명이라, 범인이 아무리 딴청을 피워

도 추리가 쉬울 수밖에 없었지. 현실에서는 반드시 이야기에 범인이 등장하는 것은 아니니 등장인물 중에서 꼭 범인을 찾지는 말자. (사랑도 그래야 마땅하지만……, 의외로 사랑은 등장인물 중에 범인이 있는 경우가 많다.)

별점 ★☆

[영화 〈동사서독 리덕스〉를 보았어] 백타산의 황무지 주막에 은거하는 구양봉의 옛 연인 자애인은 어느 날 거울을 보고 자신이 가장 아름다운 시절에 사랑하는 사람이 곁에 없었음을 슬퍼하며, 결국 자신이 사랑에 졌다는 걸 인정해. "다시 시작할 수 있으면 얼마나 좋을까……." 하고 말이야. 나는 이 장면에서 두 가지 점을 느꼈어. 첫째, 이 영화는 무협영화다. 둘째, 사랑이 승부가 되면 기다리는 사람이 진다.

별점 ★★★★

[영화 〈더 랍스터〉를 보았어] 혼자가 된 남자는 정부가 운영하는 커플 호텔로 보내져. 법에 따라 이 호텔에서 45일 안에 짝을 찾지 못하면 동물이 되게 되는데, 이럴 경우 남자가 희망하는 동물이 바로 영화의 제목과 같은 랍스터야. 관객은 동물이 되지 않기 위해 제도에 순응하고 노력하는 남자의 시선으로 '사랑'의 낯선 모습들을 따라가다가, 솔로들이 모여 사는 숲속의 세계를 발견하게 돼. 이곳은 모든 것

이 자유이지만, 오히려 사랑만은 금지되어 있어. '혼자'를 금지한 주류사회와, 이에 반발하여 '함께'를 인정하지 않는 비주류사회가 실은 개인의 자유의지를 인정하지 않는, 이름만 다른 같은 사회라는 사실을 발견하면서 영화는 '사랑 이야기'에서 '사회 이야기'로 옮겨 가게 돼. 그리고 영화는 다시 결말에 닿아 은유와 상징으로서의 사랑이 아닌, 사랑 그 자체로 다시 나에게 돌아왔다.

별점 ★★★

[영화 〈헤어질 결심〉을 보았어] 주말에 한 번 더 볼 생각이야. 그렇게 해서라도 그녀가 행복했던 그때로 다시 돌아갈 수 있다면.

별점 ★★★★

[영화 〈타오르는 여인의 초상〉을 보았어] "마지막으로 그녀를 보았다. 그녀는 나를 보지 못했다." 이 독백으로 영화는 끝나지만, "당신이 날 볼 때, 난 누구를 보겠어요?"라는 앞선 영화 속 대사가 복선이 되어서, 두 사람의 추억이 담긴 음악을 들으며 그녀 또한 연인을 보고 있다는 걸 알겠더라. 그리고 영화의 제목인 '타오르는 여인의 초상'이 연인을 향한 그리움으로 타오르는 이 장면에 담긴 여인을 뜻한다는 것도.

별점 ★★★★★

〈끝〉

* **[영화 〈라스트콘서트〉를 보았어]** 여주인공의 이름 '스텔라'가 라틴어로 별이라는 뜻이래. 그래서 이 영화에는 별점을 줄 수가 없다.

Halifax, NS, CANADA, 2019

우섭, 형남, 명헌, 동안, 신영, 현경과의 우정을 위하여,

이민수

부산 출생 | 홍익대학교 졸업 | 엽서사진 예술가

https://brunch.co.kr/@yeslobster

확진 후 회복자들의 사회적 거리두기

초판 1쇄 발행 2023년 7월 20일

사진·글 이민수
본문 일러스트 최송아
발행인 안소희
발행처 힉스오션
등록일 2023년 4월
등록번호 제2023-000037
이메일 higgsocean@naver.com

인쇄 정우미디어

사진·글 ⓒ 이민수 2023
값 17,500원
ISBN 979-11-983242-0-7 03810

*잘못 만들어진 책은 구입하신 서점에서 바꿔드립니다.
*이 책은 저작권법에 따라 보호받는 저작물이므로 무단전제와 무단복제를 금합니다.
 이 책의 전부 또는 일부를 이용하려면 반드시 사전에 저작권자와 힉스오션의 서면 동의를 받아야 합니다.

2019년 장인어른과의 캐나다 여행을 추억하며,